KB162234

꿈꾸는 중심

황원교 시집

목차

□ 시인의 말

제1부

저물녘 우두커니 앉아서   11

꿈꾸는 중심   12

사랑이 나 같은걸   14

다섯 발짝   15

이순耳順   17

설중납매雪中蠟梅   19

나쁜 버릇   21

차라리 빨래로 널리고 싶은 겨울날   22

만항재*   23

나의 경전經典   25

역지사지의 변증법   26

부빙浮氷   28

가시 돋친 자의 일상   31

죽음에 대한 명상   32

폭설暴雪   34

자서전自敍傳   36

세입자 허虛씨 육형제   39

처진 소나무에 관한 에피소드   41

제2부

겨우살이   45

변산바람꽃   46

신新 백수광부의 노래   47

우과천청雨過天晴   48

외도外道   49

소서小暑 무렵   51

벽공碧空   53

불온한 꿈   54

허튼 소망   55

가을 엽신葉信   56

무심천無心川*1   57

불갑사佛甲寺* 꽃무릇   58

낙화 앞에서   60

시월의 편지   61

너 홀로 보내고 돌아오는 길   63

첫눈 내리는 날에   64

자작나무숲 연가戀歌   66

제3부

섬   69

우수雨水 70

바람의 말씀 71

봄비 내리는 삼천포 앞바다 74

장미와 철조망 76

저녁 바람 78

박물관에서 80

사과 반쪽 혹은 심장 반쪽 83

무심천無心川 2 84

삭제 85

가을비 86

인생이 뭐냐고 물으신다면 88

혀舌의 이중성 89

고전古典을 위한 변명 90

만추晩秋 92

겨울비는 배반을 꿈꾸게 한다 93

겨울 바다 95

제4부

호두나무 그늘 99

가족사진 101

맨드라미를 위한 사화詞話 103

통장정리 104

화덕 앞에서　　　　　　　　　　　　　　106

묵음전화黙音電話　　　　　　　　　　　109

무심천無心川의 봄　　　　　　　　　　　111

우리가 사람이어서 참으로 다행이다　　112

입춘立春　　　　　　　　　　　　　　　114

눈물의 이력서　　　　　　　　　　　　115

산당화 피는 언덕　　　　　　　　　　　116

크림수프를 먹다　　　　　　　　　　　117

신록　　　　　　　　　　　　　　　　　121

스며든다　　　　　　　　　　　　　　　122

천국은 당신 곁에 있다　　　　　　　　　124

다시, 춘천　　　　　　　　　　　　　　125

별 헤는 밤　　　　　　　　　　　　　　127

덜커덩 덜커덩거리는　　　　　　　　　　130

해설　│ 김석준 (시인·문학평론가)　　　　133
사랑, 그 미완의 과제 혹은 상상력, 그 찬란하고 슬픈

돌아보면

체 게바라와 같은 꿈도 배짱도 없었던

허망한 육십갑자였다.

하지만 그런 나 자신을 사랑해야 했고,

견디고 버티며 여기까지 왔다.

더 이상 무엇이 두려우랴.

어느덧 상처들도 굳은살로 박혀

단단한 맷집이 되지 않았는가.

무릇 살아 있는 게 기적이고 은총이다.

솔직히 고백하면

내일이 궁금해서 죽지 못한다.

그래서

이 채굴을 멈출 수가 없다.

2019년 봄

와유당臥遊堂

제1부

저물녘 우두커니 앉아서

저물녘 우두커니 앉아서
바람결 속절없이 날리는 꽃잎을 바라보며
저렇게 가뭇없이 사라져 갈 날을 생각하면
눈물겹지 않은 생이 어디 있으랴

지금 그대는 꽃처럼 피어 있고
설사 내가 바람처럼 빗물처럼 스며든다 한들
그대의 속눈썹 하나 적시지 못하는
이 물빛 사랑을 어찌하랴?

꿈꾸는 중심

어느 날
변두리라는 말이 뾰족한 모서리로 읽혔다

생각해 보니
칭기즈칸도 주원장도 누르하치도
주몽도 왕건도 이성계도 변방의 사람들이었다
모두가 중심이 되고자 곡진히
생生을 진군했을 뿐

변두리에 서 보면 안다
사람이 얼마나 그리운 존재이며
사랑이 얼마나 소중한 일인지를

갈수록 중심에서 멀어지는 변두리의 삶조차
무덤의 적요를 향한 허튼 발걸음이었음을
깨닫기까지
너무나 긴 시간이 흘러가 버렸다

뾰족이 날 선 모서리의 끝과 끝을 연결하여

가시철조망 같은 선으로
견고한 울타리를 쳐 보기도 하지만
애초부터 이너서클이란 없었다

설사 북극성이 된다 할지라도
중심 또한 변하기 위해 존재하는 것

영원한 중심도 변두리도 없었다
번성의 중심지가 한순간 폐허로 변하고
변두리가 중심지가 되는 게 세상의 이치 아니던가?

생은 중심을 꿈꾸지만 소멸로 가는 것일 뿐
우리 모두 변두리에서 다시 만나
서로의 묘비명을 읽어주고 읽히는 날
그때 바라보는 저녁놀은 또 얼마나 장엄할 것인가

낯선 희망과 소망들이 끊임없이 점화되고 휘발하는
변두리라는 말
생의 중심점으로 콕, 찍힐 때가 있다

사랑이 나 같은걸

밥벌이도 사내구실도 못 하는
나 같은걸
사랑이 밥 먹여주고
사랑이 오줌똥 누여주고
사랑이 밑 닦아주고
사랑이 더러운 몸 씻겨주고
사랑이 깨끗한 옷 입혀주고……
사랑이 나 같은걸
여태 목숨 붙어있게 한다
인생이여,
불행을 그릇째 내어주지 말라!
한 번에 한 숟갈씩만 받아먹어도 소화하기가 너무 힘
들다*
그렇게 눈물 젖은 밥숟갈을 받아먹는 오늘
밥알 한 톨도 돌멩이를 깨무는 것 같구나
그런데도
사랑은 무슨 미련이 그리 많아서
나 같은걸
지금껏 살아있게 하는가

* 작자 미상

다섯 발짝
— 어느 중증 독거장애인의 죽음

누운 자리에서 현관문까지는
딱 다섯 발짝이었다

순간적으로 화염에 휩싸인
그 거리는 삶과 죽음을 가르며 흐르는 요단강
천국과 지옥이 나뉘는 고갯마루
빛과 어둠을 가르는 깊은 협곡
장애와 비장애의 거대한 장벽

여기선 도무지 견딜 수 없어서
영원에 의지해 건너간 너무도 먼 길
다섯 발짝은
끝끝내 좁혀질 수 없는
세상에 대한 애증의 거리
까마득한 절망의 구렁텅이

유리 상자에 갇힌 굼벵이처럼 바닥을 기어다니며
한 뼘 높이의 문턱을
그저 바라볼 수밖에 없었던 슬픔,

그 아득했을 절망,
목 터져라 외쳤을 비명과 몸부림,
분노의 피 울음을 누가 알랴

다섯 발짝, 누군가에게 그것은
이승과 저승의 거리
이승에서 멈춰버린 저쪽의 생

이순耳順

지은 죄가 하도 크고 무거워서
생애 절반을 휘청거리며 걸어 왔고
나머지 반은 누워서 목숨을 부지했다

나이를 먹는다는 것은
가을 단풍처럼 온몸으로 타올라서
끝끝내 버리고 내려놓는 일

누우면 죽고 걸으면 산다 하여
쉼 없이 꿈꾸었노라
다시 일어나서 걷는 꿈을

힘겹게 고갯마루에 올라서 보니
눈앞에는 가파른
내리막길

차마 기어서 갈 수조차 없는 길이지만
밤하늘의 별을 다 헤아릴 때까지 걸어가
노을 지는 바닷가 솔숲에서 잠들고 싶다

그러나

단풍처럼 애써 아름다이 물들려고는 하지 말자

그것 또한 집착일 테니

설중납매雪中蠟梅

섣달 눈 속에 핀 납매처럼
정말 미친 듯이
사랑을 피워보는 일,
그런 뜨거운 열망으로 하루하루를 살리라
산다는 것이 죽어가는 일이라면
불쑥 예고 없이 찾아와 문 두드릴
얼음장보다 차가운 그 손을 잡아야 하리
잡아야 하리, 그때가 언제든
맨 처음 이 세상에 나올 때
잠깐 빌려 입고 온 몸뚱이조차 내 것 아니듯
본래부터 내 것이란 없었으니
그저 매 순간 살아 있다는 사실에 감사할 뿐
오늘이 마지막 날인 듯 혼신을 다해 사는 것은
섣달의 납매처럼
보란 듯이 생을 꽃 피워보는 일
그리하여 최후의 순간까지
시리도록 아름다운 삶을 사는 것
푸른 불꽃 일으켜
눈 속에서 두 눈 부릅뜨고

내 앞의 겨울과 눈싸움이라도 한 판

걸지게 벌여보는 것이다

나쁜 버릇

햇살 눈부신 봄날 아침
맑고 푸른 하늘 쳐다보다가 문득,
지금 이렇게 살아 있다고 생각하니까 눈물 나고
함초롬히 피어난 수선화를 보다가도 눈물 나고
널 사랑할 수 있음에 행복해서 저절로 눈물 난다
아, 내 생에 이렇게 아름다운 봄을
몇 번이나 더 맞이할 수 있을까 생각하니
자꾸자꾸 눈물 난다

차라리 빨래로 널리고 싶은 겨울날

얼마나 많은 계절이 지나갔을까

북구北歐의 하늘처럼
무시로 날이 흐리고 비가 잦은 겨울

오랜만에 구름이 걷히고
햇볕 짱짱한 일요일

굳게 닫힌 창문 틈새로 비집고 들어온
햇살 몇 조각을 깨물었더니
오도독오도독 하고
겨울은 오도독뼈처럼 소리를 낸다

씹을수록 달고 고소한 살점과 함께 씹히는
돼지갈비 맛 같은 겨울 햇살

누가 알까
종일 눈부신 햇살과 찬바람에 나풀거리며
차라리 빨래로 널리고 싶은 이 마음을

만항재*

하늘 아래 첫 고갯길
숨차게 올라서 보니
바로 눈앞에 굽이치는 내리막길
언제나 인고의 시간은 괴롭고 길지만
절정도 환희도 한순간일 뿐
불어오는 샛바람 앞에서 가랑잎처럼 흔들리며
지나온 길 돌아보면 허방이었어라
부박한 생애, 어찌 눈물겹지 않으랴
갈 길은 멀고 해는 저무는데
팔부능선 가득 흐드러진 보랏빛 얼레지꽃들
자꾸만 옷소매를 잡아당기는 봄날
제아무리 초연하려 해도
검은 장막처럼 성큼성큼 걸어오는
저 어둠을 어찌 피할 수 있으랴
되돌아갈 수만 있다면
몇 번이라도 좋다. 이 끔찍한 생이여, 다시!**
다음 생은 신작로의 그늘 너른 느티나무처럼
또 한 번은 앨버트로스처럼 훨훨 날아다니며
그렇게 두 번쯤 살아볼 수 있다면

이쯤에서

한 생을 마감해도 좋으리

* 강원도 정선과 태백의 경계, 함백산에 있는 해발 1,330m의 남한에서 가장
높은 고개.
** 프리드리히 니체.

나의 경전經典

가없이 높푸른 하늘
따스한 햇살 한 줌
스쳐가는 바람 한 줄기
싱그러운 흙 한 줌
작은 씨앗 한 톨
아름다운 꽃 한 송이
홀로 서 있는 나무 한 그루
고봉준령을 품은 산
광활한 벌판
쉼 없이 흘러가는 강물
밤하늘에 빛나는 별
풍랑이 몰아치는 바다
이 모두가 소중하고 보배로운 경전들이다
하지만 이 세상에서 가장 난해하고
가장 위대한 경전은 사람이다
사람 사랑이다

역지사지의 변증법

나의 정면은 언제나 천장.
한낮엔 켜켜이 먹장구름으로 덮여 있고
밤중엔 구름 사이로 언뜻언뜻 별들이 보일 때도 있다

비바람과 눈보라만 들이치지 않을 뿐
무시로 검은 기운이 안개처럼 감싸고돌던
어느 날
그대가 가을하늘 몇 평 오려다 천장 도배를 해주었다

그날부터 천장은 넓디넓은 광장이 되었다가
일순간 스텝초원으로 변해 야생마들을 달려 나가게
하고
한 번은 검푸른 대양으로 방주를 몰아가게 하다
끝 모를 낭떠러지를 만나게 했다

그렇게 익숙해진 나의 하늘과 바다에
어릴 적 가오리연과 방패연을 띄워보기도 하고
그대와 쇄빙선을 타고 북극의 얼음장을 헤치며 나가다

타클라마칸 사막을 낙타도 없이 횡단하다 길을 잃고
목이 타서 죽기 직전에 살아나길 몇 해째인가?

앞으로 몇 번의 계절이 더 오갈지 모르나
　수면에 등짝 붙인 가시연꽃이 수직으로 꽃대를 세우
듯이
　아아, 내가 방바닥에서 영영 일어서지 못해
　이대로 땅속에 드러눕게 될지라도……

머지않아 이 고행도 끝이 나리니
　오늘 밤엔 일흔아홉 개의 달이 뜨고 진다는 목성을 지
나서
　사십억 광년의 거리에 있는 블레이자* 속 거대 블랙홀
까지
　미친 듯이 또 날아가 보는 거다, 상상의 광속우주선을
타고서

　* 오리온자리 옆의 타원형 은하에 있는 퀘이사로 최근 중성미자(뉴트리노)의
고향으로 밝혀짐.

27

부빙浮氷

타이가* 자작나무숲을 뛰쳐나온 시베리아호랑이
그 붉은 아가리에서 빠져나온 긴 혓바닥 같은 삭풍이
바다의 몸뚱어리 한쪽 구석을 스윽 핥고 지나갔다

운명이란 이름으로 꽝꽝 얼어붙은 빙산,
모서리를 떨어져나온 한 덩이의 부빙처럼
세찬 바람과 격랑에 떠밀리며 여기까지 흘러왔으나
이제 고단한 여정도 끝이 나리라

다시 물이 되거나 거대 빙붕氷棚의 귀퉁이를 차지할지
모르는
부빙은 두려움과 기대감 속에서 매 순간을 영원처럼
살기에
불확실한 미래는 그의 심장을 고동치게 하고
매일의 삶은 희망으로 설레는 것이다

오오, 여기는 사시사철 빙하가 흐르는 동토凍土,
죽은 매머드의 허파꽈리 속에 남아 있는 들숨의 여운
처럼

부빙 속에 갇힌 수만 년 전의 맑은 공기방울처럼
매머드의 등에 올라타 순백의 설원을 성큼성큼 달려
가서는

피안의 언덕 위에 커다란 이글루 한 채 지어 놓고,
앞서간 사람들 불러다 따뜻한 밥 한 상씩 차려준 다음
바람과 물결 같은 운명의 흐름에 절대로 흔들리지 않는
영혼의 중심지에 흰 고래뼈 같이 견고한 깃대를 세우
리라

그리하여
우리가 물과 얼음으로 다시 만나는 날
깃대 꼭대기에 걸린 푸르른 깃발이 만 리 밖까지 휘날
릴 때
나는 한 마리 흰긴수염고래처럼 바다를 거슬러 오를
테니
그대는 해류처럼 느릿느릿 흘러서 오라

서로의 존재를 분리할 수 없는 물과 얼음처럼
우리는 지금 무르게 혹은 딱딱하게 살고 있거나
흐르는 중이거나 아니면 멈추었느냐의 차이만 있을 뿐
결코, 여기서 얼음처럼 막막해질 수는 없다

인생이여,
설령 저렇게 한 덩이의 부빙처럼 떠다니다
일순간 녹아 가뭇없이 사라지는 게 우리의 운명이라면
그조차 사랑할 수밖에 없지 않은가

* 북방한대수림

가시 돋친 자의 일상

햇살 쏟아지는 아침마다
무수한 금빛 화살에 꽂힌 나는
한 마리의 황금 호저처럼
느릿느릿 생명의 대초원을 횡단한다

누구든지 건드리기만 하면 가만 안 놔두겠다는 듯이
제 딴엔 아주 거만한 자세를 취해 보지만
겁쟁이일수록 가시를 더 곧추세우는 법.

그것도 잠시뿐
다르마*의 형벌 같은 햇볕을 피해 보려고 하지만
얼굴에 가시가 없어 슬픈 짐승이여

아니 몸피에 가시가 너무 많아서
함부로 누구에게도 가까이 갈 수 없는
불행으로 가득한 업보여

* 불교의 삼보(三寶) 중의 하나인 법(法). 부처님이 가르친 진리.

죽음에 대한 명상

매일 너에게로 간다
한때 꿈꾼 적이 있으나 사랑하지는 않는다
죽음을 원한다면 삶이라는 고통부터 만끽하라던 고
흐의 말이 무색하게
더러는 사무치게 그리워한 날도 있었으나……
생각해보라!
단 하루도 바람 앞의 촛불 같지 않은 날이 있었던가
그 길은 오로지 일방통행이며
마침내 만나는 수천수만 길의 벼랑 끝
가늘 수 없는 허무의 종착지인 줄 알면서도
매일 너를 향해 나는 간다
머지않아 이 고달픈 여정과 수고가 끝나고
나 홀로 향내 그윽한 적멸寂滅에 들지라도
아무도 그리워하지 않는 죽음이라면 얼마나 쓸쓸할
일인가
정말 두려운 것은 죽음 자체가 아니라
앞서간 이들을 내가 쉬이 잊어버렸듯이
남은 이들의 기억 속에서 가뭇없이 내가 지워지는 일
세상 어디에도 좋은 죽음이란 없으며

죽음은 참혹한 슬픔, 그 이상도 이하도 아니다
한 자루의 촛불처럼 최후의 순간까지 타올라서
모두에게 기억되는 아름다운 이별을 하자
어느덧 누런 플라타너스 잎처럼 뒹구는 생이여
날이 갈수록 절룩이는 발걸음이지만
너무나 멀어 가닿을 수 없는 별과 같은
금지된 사랑 하나 가슴에 품은 채
매일 너에게로 나는 간다

폭설暴雪

겨울 창가에서
속절없이 퍼붓는 눈을 바라보며 생각한다

저렇게 고요히, 우아하게, 때로는 거칠게
낡고 빛바랜 천장을 벅벅 뜯어내시는 걸 보면
아마도 하느님께서 천장 도배를 새로 하시려나 보다

내일 아침에 더 맑고 푸른 광장을 활짝 펼쳐놓으시려고
덕지덕지 앉은 때를 벗겨내고 또 벗겨내시는가 보다

태초엔 어둠뿐이었으므로
하늘은 검고 땅이 누렇다는 것도 몰랐을 것이며
특이점特異點*이 폭발하는 순간
검정은 파랑을 낳고, 파랑은 하양을 낳아
마침내 찬란하고 눈부신 빛을 탄생시켰으리라

빛과 그림자 사이를 흐르는 강물에 작은 배 한 척 띄
워놓고
먼바다를 향해 시선을 기웃거리는 시인이여

가난하고 외롭고 높고 쓸쓸할 뿐 아니라 철이 없어
언제나 넘치는 사랑과 슬픔 속에서
시가 밥이 되고 구원이 되어 주리라는
허튼 믿음을 전가傳家의 보도寶刀처럼 껴안고
주야장천 동토와 사막과 밀림을 마다하지 않고 달리는
극한의 마라토너여

관념과 사변思辨을 일순간에 허물어버리는
저 허무의 눈송이, 눈송이들을 보아라

하느님의 청람빛 가슴처럼 아니 새하얀 눈처럼
그대가 거듭 태어나길 바라신다
제 목숨 같은 절창을 토해낼 때까지
무시로 머리칼 쥐어뜯게 하는 것도 모자라
사뭇 가슴에 검푸른 피멍이 들게 하신다

* 천체물리학에서 빅뱅 이전을 이르는 용어.

자서전 自敍傳

어느 날 우연히 등 떼밀려
편도 티켓 한 장으로 시작된 여행이었다
엉겁결에 올라탄 생의 열차는
서서히 종착역이 가까워져 오고 있다
한평생 쾌속으로 질주하고 싶었지만
거북이처럼 느리거나 걸핏하면 연착되는 삶이었다
어느덧 종착역이 멀지 않았음을 인지한 순간부터
체감 속도를 어떻게든 줄여보고 싶지만,
시간은 내리막길의 바위처럼 점점 가속도가 붙을 뿐
돌아보면
어떤 역에서는 오가는 사람들로 북적거렸고
반면에 인적이 드문 간이역들도 수없이 지나왔다.
역마다 제각기 사연을 지닌 사람들이 드나들고
열차가 추억의 경적을 울리며 굽이굽이 지나오는 동안
더러는 사랑이란 이름으로 깊은 인연을 맺은 적도 있
지만
본질적인 고독과 외로움에서 벗어날 순 없었고
깊었던 관계만큼이나 배신의 상처 또한 깊고 길어

몇 날 며칠 눈물로 깡소주를 마신 날도 있었다
그렇게 애증과 절망의 강가를 배회하면서
시 나부랭이를 썼지만, 함량 미달의 것들이었고
수렁에서 일어서는 법을 스스로 터득할 수밖에 없었다
부모형제들만큼은 끝까지 동행해 주리라 믿었으나
하나둘 작별인사 한마디 없이 홀연히 떠나버리고
내 억장쯤 무너지는 슬픔 따위에는 무심한 듯
세월의 열차는 앞으로만 달리고 또 달려나간다
그렇게 스쳐 지나간 인연과 언덕들이 얼마이며
떠나간 이들은 지금쯤 행복의 파랑새를 잡았을까?
오늘도 열차는 아쉬움과 공허를 가득 실은 채
다음 역을 향해서 쉼 없이 달려나간다
분명한 것은 언젠가 이 여정에서 내려야 한다는 사실 뿐
결코, 좋은 죽음도 아름다운 죽음도 없지만
끝까지 좋은 삶을 살아서 아름다운 추억을 남기고 가
야 하리
지금 동행하는 사람들에게 만이라도
내가 먼저 사랑하고, 용서하고, 더 많이 베풀며

단 한 번뿐인 여행에서 짐이 되어선 안 되는 것이었거
늘……

마지막엔 아름다운 작별인사를 하자

여러분 덕분에 이번 여행이 참으로 고맙고 행복했었
노라고

모두에게 남은 여정의 안녕을 빌어주리라

세입자 허虛씨 육형제

오래전부터
내 마음속에는 허씨 육형제가 산다
허전한, 허망한, 허무한, 허황한, 허송한, 허탈한
같은 돌림자를 갖고
내 심장의 방 한 칸씩을 차지하고 사는
철면피 육형제
인정머리라고는 눈곱만큼도 없는
철저한 에고이스트들
걸핏하면 나의 눈물을 쏙 빼거나
절로 한숨짓게 만드는
쌩 날건달들이다
명색이 집주인으로서 철도 들만큼 들었지만
인내심은 슬슬 바닥을 보이기 시작한다
오랜 세월
찰거머리처럼 들러붙어 산 낯짝 두꺼운 놈들에게
수시로 방을 빼라고 닦달을 해보지만
여전히 들은 척도 안 하는
참으로 뻔뻔한 세입자들, 허씨 육형제
나를 더욱 슬프게 하는 일은

어느덧 내가 그들의 눈치를 살피는
꼰대가 되어 간다는 사실

처진 소나무에 관한 에피소드

어느 한적한 수목원에서
나뭇가지 하나를 땅으로 축 늘어뜨린
기묘한 소나무의 이름을 불알친구가 묻길래

늘어진 소나무? 땅 소나무? 넝쿨 소나무? 기는 소나
무?……

정답은 '처진 소나무'였으나
이 세상에 처진 게 어디 그것뿐이랴

저나 나나
축 처진 눈
축 처진 턱살
축 처진 목살
축 처진 어깨
축 처진 뱃살
축 처진 불알
……

무릇 처진다는 건
세상으로부터 점점 밀려나
땅속에 새집 지을 날이
성큼성큼 다가오고 있음이리

제2부

겨우살이

겨울을 무사히 건너는 비결은 단 하나
추우면 추울수록 서로를 더욱 꼭 껴안고
뜨거운 사랑으로 쉼 없이 부벼대는 것뿐
너무 뜨거워서 서로를 밀쳐낼 때까지

변산바람꽃

꿈결에 너를
다시 보았네

검은 바위 밑
함초롬히 피어 있는
변산바람꽃

맵찬 겨울바람 견뎌내고
가녀린 몸매로 피워 올린
우윳빛 얼굴

어두운 2월의 숲속
등잔불을 켠 듯
환한 미소로 서 있네

견디고 서 있는 동안
새봄 오듯이 피어나라
이 세상 모든 사랑이여

신新 백수광부의 노래

해와 달이 뜨고 지고
계절이 쉼 없이 바뀌어도
이 봄
동구 밖에 서 있는
저 오래된 느티나무처럼
불어오는 하늬바람에 그리움을 빗질하며
오롯이 그대를 기다리는 것밖에는
따로 할 일이 없습니다
설사 그대와의 만남의 순간보다
죽음이 먼저 다가와 불쑥
손을 내밀지라도
끝끝내 이 자리를 지키며

우과천청雨過天晴

오래전 황제는 왜 청자에다 비 갠 하늘빛을 못 입히느냐고
다그쳤다는데······

밤새 내리던 봄비 그친 아침
하늘은 명경明鏡 앞에 앉아 금빛 머리칼 빗고
쪽빛 화장을 마쳤다

그대에게 편지를 쓰리라
하늘은 눈이 아니라 마음속에 있다는 것을
사랑이여,
비 갠 이 아침만 같아라

오늘은 너랑
화장사華藏寺* 가침박달나무꽃 그늘로 숨어들어가
천 년쯤 꽃잠을 자면 어떠랴

* 충북 청주시 상당구 명암동 소재 사찰로 천연기념물 가침박달나무 군락지로
유명.

48

외도外道

박물관을 돌아 나오는 길에
영산홍 붉디붉은 꽃빛에 한눈을 팔다 그만
두 눈을 베이고 말았다
갑자기 눈앞이 아득해지고
몸의 중심을 잃어 휘청거리는 순간,
연둣빛 신록이 부드럽고 향기로운 손길로
청색 고약을 발라주어 금세 나았다
다시 개안開眼이 되어 바라보니
저마다 직각프리즘처럼 빛을 모으는
나무와 나무들
일곱 빛깔 무지개다리로 서로를 촘촘히 잇고
그 고운 빛 신비로운 향기에 취해
두 손 모아 경배의 제를 올린다
나무는 홀로도 아름답지만
더불어 숲을 이룰 때 더 아름답다
짝을 이룬 나비와 새들이 꽃밭으로 숲속으로
분주히 날아들어 수런거리는 오후
짧은 봄의 치맛자락이라도 걷어 올려
남몰래 연애 한 번 하고 싶은

오, 이 피 끓는 화냥기를 단박에 달래줄

꽃같이 어여쁜 그대여

지금 어디쯤에서 오고 있는가

소서小暑 무렵

대지가 초록에 지칠 즈음
갑작바람 난 시골 처녀처럼
담벼락 너머로 다투어 고개를 내미는
주황색 능소화 꽃들

이제 모든 걸 깨달았다는 듯 무심히 떨어지던
선운사 뒤뜰의 동백꽃을 닮은 듯
소서 무렵
홀연히 너는 떠나가고

엄마의 빛바랜 남색 공단 치맛자락 같은
텅 빈 하늘가
붉게 물들이는 저녁노을에 함초롬히 젖어
시름시름 능소화가 저무는 길

설사 줄이 끊긴 연鳶과 같은 인연일지라도
너의 향기로운 정수리 위에 북극성이 뜨는 날
처음 만났던 순간의 설렘을 기억하며
우리는 다시 만나리

허공으로 쉼 없이 까치발 세우던
능소화 꽃 덧없이 툭툭 떨어지는 날
함께 팔짱을 끼고 걸어주는 이는
뜨거운 눈물뿐

벽공碧空

너를 생각하다가
벽공에 손끝으로 꾹꾹 눌러쓴다
그리운 너의 이름을

네 얼굴 그리다가
더는 견딜 수 없어 가을바람 앞에 고백한다
널 사랑한다고

사랑이여,
하늘에 떠가는 구름 한 조각에도 네 이름을 붙여
나지막이 불러본다

그리움의 손톱 끝에 깊숙이 패인
푸른 하늘에서
붉은 피가 뚝뚝 떨어진다

시나브로 핏물이 스며드는
단풍나무들도 훌쩍거리기 시작한다
제 살점 같은 이파리들과의 이별을 예감하여

불온한 꿈

저 붉은 봉숭아 꽃잎 으깨어 열 손가락 물들이듯
내 생애 한 철만이라도 너를 그렇게 물들일 수 있다면

저 붉은 봉숭아 꽃잎 으깨어 열 발가락 물들이듯
내 생애 전부를 너와 그렇게 함께 살 수 있다면

아, 널 생각하면 입안에 절로 침이 고여
방금 잘 여문 사과 한 입 깨문 것 같고
수밀도水蜜桃 한 입 덥석 베어 문 것 같기도 하고
샛노란 밀감 한쪽 슬쩍 떼어먹은 것 같은

널 그리워하면서 생겨난 불온한 꿈들이
풍선처럼 점점 부풀어 오르는 가을 오후

낮에는 해를, 밤이면 별을 헤는 해바라기처럼
오롯이 너를 위해 피어나는 꽃이라면

허튼 소망

그대의 두 발에 새하얀 구름 신발 신겨주고
양쪽 겨드랑이에 바람 날개 달아주고 싶은
이 청량한 가을 아침에 나는
그대의 향기롭고 보드라운 깃털 속에 숨어 사는
한 마리 이가 되어도 좋습니다

가을 엽신葉信

널 사랑하느라
가을은 너무 짧았다

생生의 가을날,
단풍처럼 걸어온 너
봄꽃의 화려함과 덧없음을 깨우치며
울긋불긋 내 삶을 물들였던 너

오롯이 단풍의 빛깔로 사랑할 것이기에
혹한과 삭풍의 겨울도 두렵지 않다

설사 너를 향한 마음의 가지들이
세찬 눈보라에 속절없이 부러지고
남은 생이 뿌리째 뽑힐지라도

널 사랑하는 일로 너무나 뜨거워서
어느덧
가을이 지나간 줄도 몰랐다

무심천無心川* 1

너를 떠나보내고
너를 끊어버리려

오늘도 너와 싸우는 중이다

사랑아!
흐르는 물 같고
거품 같으며
스쳐가는 바람 같은 줄 알면서도

왜 발길은 또
너를 향해 가고 있느냐?

* 충북 청주시를 가로질러 흐르는 하천

불갑사佛甲寺* 꽃무릇

어젯밤
달이 뜨는 언덕에 올라
목청이 터지도록 외치더라
널 사랑한다고

해맑은 9월의 아침
붉디붉은 선혈로 낭자한
불갑사 꽃무릇밭

한낮에도
별들이 깜짝 놀라 떨어질 듯이
외치고 또 외치더라
널 사랑한다고

제아무리 외쳐도 대답 없는 메아리
어디선가 불어온 건들바람 한 줄기
꽃숲을 미친 듯이 헤집고 다니더라

사랑도 미움도 희망도 절망도

모두 다 헛된 꿈이라며

연신 네 모가지들을 흔들어대고 있더라

.

* 전남 영광군 불갑면 모악산에 있으며 상사화로 유명한 사찰.

낙화 앞에서

이 봄, 널 사랑하는 죄가 너무 커서
사랑도 때가 되면 지는 것인가
사랑에 모든 걸 다 걸었던 아스라*의 후손,
마호메트처럼 널 지켜주지도 못하고
바람결에 덧없이 풀풀 날리는 꽃잎처럼
사랑은 허망히 저무는 것인가
가야 할 때가 언제인지를 아는
선운사 도타운 동백꽃처럼
스스로 제 모가지를 치고 피를 퉤퉤 뱉는
아아, 남은 날은 저 서슬 퍼런 결기로
제대로 된 사랑 한 번 해볼 일이다

* 하인리히 하이네의 시.

시월의 편지

문득 잊혔던 사랑이 아련히 떠오르고
장엄으로 타오르는 저녁놀을 바라보며
생의 덧없음과 고독에 겨워 술잔을 기울일
그대를 생각합니다

오롯한 침묵 속에서
저 분분히 저무는 가을꽃과 단풍처럼
그대 또한 깊어지는 중이신가요?

까닭 모르는 외로움을 타고 있을 그대에게
이렇게 안부를 전하는 것은
가뭇없이 먼 길 떠나는 철새들처럼
서로의 안부가 끊기는 일이 없길 진심으로 바라기 때
문입니다

만약 이 시간,
가을 우수에 흠뻑 젖어 계신다면
그대 안에 슬픔이 파도처럼 밀려오고 있다면
벽난로에 불을 지펴 따스한 찻물을 끓여놓고

온종일 그대를 기다리겠습니다

지금 그대가 꿈꾸는 사랑과 희망, 성공과 행복이
저 단풍처럼 형형색색으로 물들어서
남은 생을 밀고 가는 찬란한 힘이 되길 바라며
부디 눈물겹게 아름다운 시월이길 기도합니다

나는 밤하늘의 별처럼 이 자리를 지키며
늘 그대의 발등을 비추고 있겠습니다

너 홀로 보내고 돌아오는 길

너 홀로 보내고 돌아오는 길
가을볕도 시름시름 사위어가고
단풍 고운 빛깔에 두 눈을 베인 채
까닭 모를 설움에 눈물만 흐른다
사랑아, 내가 죽든지 네가 죽든지
둘 중의 하나가 먼저 죽기 전에는
절대로 끝나지 않을 아름다운 형벌이여
너 홀로 보내고 돌아오는 길
언젠가 떠나가야 할 그 길처럼
사뭇 멀고 아득하기만 하여라
너 홀로 보내고 돌아오는 길
무엇인지 모를 켕기는 마음에
자꾸만 뒤를 돌아다보면
아지랑이처럼 피어오르는 그대
신기루 속에 세운 9층탑이여

첫눈 내리는 날에

첫눈 내리는 날에
안개꽃처럼 떨어지는 눈송이들을 바라보며
그대를 생각한다

내리는 눈 속에서
눈송이 얹힌 시린 눈썹으로
우리가 서로 얼굴 바라보며
미소지었던 날이 언제였던가

첫눈 속에서 그대 이름 반짝여
가없는 그리움으로 물들게 하나니
이 물빛 통증으로
남은 세상도 잘 건너가리라

하지만 가끔은 나도
그대 눈시울 적시는 첫눈 같았으면 좋겠다
그대 눈앞에서 하롱하롱
꽃잎처럼 나부꼈으면 좋겠다

아니 슬픔도 절망도 모르고
눈송이 같은 순백의 평화와 고요로
그대 가슴골에 스미는
봄볕처럼 따스하면 좋겠다

그대 지금 어느 하늘 밑에 있더라도
저 눈송이들처럼 내내 평안하기를
눈송이 한 잎에 안부를 실어 전하니
사랑하는 그대여,
부디 안녕!

자작나무숲 연가戀歌

폭설에 둥지를 잃어버린 굴뚝새처럼
지친 날개로 가 닿은 설원의 끝
희디흰 자작나무숲 근처에
누에고치 같은 오두막 한 채 지어 놓고
너와 딱 일주일만 함께 살 수 있다면
수사슴처럼 너를 품에서 놓지 않겠네
설사 밤에 곰이나 늑대가 찾아와서
창문을 두드리고 문짝을 박박 긁어대도
마른 장작을 가득 욱여넣은 난롯가
백합꽃 무늬 양탄자 깔린 마룻바닥에서
사랑만 하다가 죽었으면 좋겠네
그렇게 깊이 사랑에 빠져있는 동안
하얀 계절이 내려앉은 지붕 위
울음 가득 찬 무덤 위에도 별들이
함박눈처럼 펑펑 쏟아져 내리면 좋겠네

제3부

섬

외롭지 않은 삶이 어디 있으랴
아프지 않은 삶이 어디 있으랴
너와 내가
서로를 염려하며
그리워할 수밖에 없는 까닭이다

우수雨水

맑고 투명한 링거액처럼
봄비가 나목들의 새파란 정맥줄기들을 따라서
모세혈관까지 속속들이 흘러들어간다

멈춰 있던 나무의 심장이 뛰고
마른 뿌리와 줄기에 온기가 돌며
우듬지마다 부풀어 오른 잎눈들이 앙증맞은 입술로
푸르른 하늘 젖꼭지를 쪽쪽 빨아대고 있다

겨우내 잃어버렸던 성감을 깨우며
서둘러 움을 틔우게 하거나 개화를 종용하는
봄비의 저 능수능란한 펠라티오*

나무들은 일제히 교성을 지르며
마침내 우뚝 선다
빳빳하게

* 구강성교의 일종.

바람의 말씀
— 미투(Me too) 열풍에 대하여

가뭇없이 얼음이 사라진 이른 봄 저수지
바람과 통정한 물은 물결을 낳고,
겨우내 잠겨 있던 소문들이 하나둘씩 부상해
투명한 잠자리 날개처럼 동심원을 따라 퍼져나간다

속삭임이 달콤할수록 상처는 깊고
비밀은 발도 없이 지구 한 바퀴를 돌아간다

은사시나무 가지마다 걸린 흰 옥양목 같은 햇살에서
비릿한 피냄새가 풍겨오고,
지난겨울 삭풍의 칼날에 베인 상처들이 수런거리며
온종일 세상을 향해 하소연하는 중이다

갑자기 사람들은 코끼리처럼 너른 귀를 펄럭이며
엿들은 풍문들을 눈덩이처럼 굴려 나간다

꽃눈이 채 영글지도 않은 영산홍은 숨겨왔던 화냥기를
참지 못해

며칠 내 꽃을 피울 거라고 연신 헛소문을 흘리고,
바로 곁을 지나가는 여자의 몸에서는
짙은 오 데 코오롱 향수 냄새가 난다

일탈과 외도가 난무하고
화간和姦과 강간强姦의 경계가 모호해져 가는 시대.
오래된 상처들이 장마철 곰팡이처럼 쑥쑥 피어나오며
뉴스는 두 얼굴을 가진 셀럽들로 도배된다

하나같이 행간에 숨겨져 있는 샤덴프로이데*

당신의 불행은 곧 우리의 행복,
너의 괴로움은 곧 나의 즐거움이라는 듯이
상처 입은 짐승들을 게걸스럽게 물어뜯는
하이에나 같은 자들에게 바람이 소리쳐 묻는다

단 한 번도 한눈팔지 않은 자 있으면 나와 보라고
만일 그렇지 않다면

분명 당신은 부처님의 가운데 토막이거나 임포텐츠**일
거라고

오늘의 바람이 전하는 말씀이다

* Schaden(고통)과 Freude(환희)의 합성어로 남의 불행이나 고통을 보며 느
끼는 희열을 뜻하는 독일어.
** 발기불능.

봄비 내리는 삼천포 앞바다

지나온 길은 왜 아련하고 눈물 나는 것일까
지나온 시간은 왜 그립고 아픈 것일까
척후병처럼 드문드문 서 있는 섬들은
팔과 어깨로 단단히 스크럼을 짜고
켜켜이 몰려오는 해풍과 파도에 맞서고 있다
오후 네 시를 가리키는 시곗바늘 방향으로
열쇠 구멍 빠져나가듯 위태로이 떠가는
고깃배 한 척
파도에 온몸 부딪히며 푸른 멍들고 있다
생각해 보면
삶은 항상 위태로운 것 아니,
날마다 고해苦海에서 울렁거리는
뱃멀미를 참아내는 일
그대 잠시 길을 잃고 방황한다면
절대로 잠들지 않는 삼천포 앞바다에 서보라
아쉽고 그리운 것들이 아직 남아 있다는 건
살아야 할 분명한 이유가 되고
출렁거리는 삶은 수평선 너머를 꿈꾸게 한다
다만 숨을 멈추게 될 그날까지

저 파도들처럼 쉼 없이 살아 움직여야 한다
길 가던 작은 새 한 마리
나뭇가지에 앉아 젖은 날개를 털며
불어오는 해풍에 파르르 떨고 있다

장미와 철조망

모든 거룩한 생명의 몸부림과 피의 향기가 자욱한
봄날 아침, 끝끝내 철조망을 기어오른 저 넝쿨장미의
형형한 눈빛은
오래전 로마병사 롱기누스의 창에 옆구리를 깊숙이
찔린
예수의 피울음과 고통을 떠올리게 한다

갓 피어난 꽃잎마다 맺힌
핏빛 이슬을 털어내는 푸른 팔의 여인이여
사랑은 일순간 청맹과니가 된 채
뾰족한 가시와 가시가 만나 서로 부딪혀 깨지고 피 흘
리는 일.

사람과 사람 사이에 옹송그리는
적요와 긴장의 심연을 지나온 샛바람이 머무는 곳마다
붉디붉은 욕망과 열정의 꽃들이 무장무장 피어난다

너무 가깝지도 멀지도 않은 적당한 거리를 가늠해볼
틈도 없이
설사 참혹한 종말을 맞이할지라도
오늘도 한 송이의 사랑을 횃불처럼 활활 피워 올리며
차디찬 금단의 벽을 오르는 그대여

지금 그렇게 핏물 뚝뚝 흘리는 옆구리를 가질 수 있는
것도
바로 여기 살아 숨 쉬기에 빛나는 상처 아닌가

무릇 천국의 길은 그대 마음속에 있나니
이제 잠시라도 푸른 하늘에 흐려진 눈을 씻고
귀를 활짝 열어 들어보라

방금 그대 곁을 스쳐 영원으로 떠나가는
또 다른 생生의 기적소리를

저녁 바람

어둠의 이파리들이 주렁주렁 매달려 있다
잔잔히 나풀거리는 잎새들의 아우성을
호두나무 밑 검은 고양이가 귀를 쫑긋 세운 채 듣고
있다
저녁 바람이 지나가는 곳마다
무성한 넝쿨처럼 번져 나가는 알 수 없는
저 불안의 숲은 무엇인가
불현듯이 사라져 갈 긍휼한 존재여
불길한 예감이 작은 회오리바람을 일으킨다
가진 것을 잃고 울어본 날이 어디 한두 번인가
포기하지 못하고 애태운 적이 또 얼마인가
실연의 슬픔조차 사랑의 진전을 위한 과정이라 자위
하며
앞으로 앞으로만 돌진해 온 이 부박한 삶은
언제쯤 성자의 발뒤꿈치만큼이라도 초연할 수 있을까
어느덧 부음訃音을 듣는 일이 일상사가 되어버린 채
오늘 또 믿었던 사람 하나 홀연히 떠나가고

생의 허망함을 탄식하며 모여 앉아 연거푸 술잔을 비
우지만
자고 나면 너나없이 금세 잊어버리는
죽음은 항상 낯선 이별,
그 흔하디흔하던 눈물조차 말라버리게 한다
서늘한 저녁 바람이 불어오자
검은 고양이조차 어디론가 슬금슬금 사라져 가고
커다란 어둠 한 그루가
제 그림자를 펄럭이고 있다

박물관에서

지렁이도 지나온 길에 흔적을 남기듯이
오직 빛나는 흔적을 남기기 위해
시종 뜨거운 불길로 활활 타올랐을 그들은
침묵으로 증언하고 우리는 상상력으로 듣는다
뗀석기와 간석기, 빗살무늬와 민무늬토기, 녹청 낀
비파형 동검과 붉게 녹이 슨 철기, 울음을 멈춘 쇠북과
범종……
치열하지 않은 삶이 어디 있으랴
의미를 부여하고 기억하는 순간, 모든 것은 역사가 된다
다소곳이 진열장 안에서 스포트라이트를 받으며
싱글벙글 웃고 있거나 혹은 쓸쓸히 울고 있지만
오롯이 빛을 발하는 저 붉거나 검고 푸른 흔적, 흔적들
박물관은 의미와 기억이라는 옷을 걸쳐 입은
빛나는 흔적들의 집합소.
우리는 직녀처럼 기억의 베틀 위에 앉아
한 올 한 올씩 새로운 씨줄과 날줄을 짜보거나
민달팽이처럼 촉수를 길게 늘여가며
전설과 신화의 바다를 더듬어보는 것이다

방사성탄소연대측정으로나 가늠할 수 있다는 까마
득한 주검들과 달리

보물이라 호명되며 더욱 빛나는 흔적의 정수精髓들

어두컴컴한 지하 수장고에조차 낄 자리가 없는

숯덩이처럼 흔하디흔한 흔적들은 아무도 기억하지
않는다

그렇게 슬기 사람들은 가을날의 연어 떼처럼

역사라는 이름의 대하大河를 거슬러 오르내리길 반
복할 것이다

박물관은 과거와 현재를 잇는 거대한 교량으로

눈에 보이지 않는 미지의 세계를 구체적으로 형상화
하는

인간 무한상상 생산조합의 공동작업장이다

우리는 모두 살아 있는 죽은 생물들의 박물관이다*

먼 훗날 우리 또한 흙으로 돌아가 돌멩이나 바위로
변하고

누군가는 다시 돌도끼나 빗돌로 환생하여

저기 한 구석을 차지할지도 모를 일이다

그리하여 지구 종말의 시간까지
블랙 다이아몬드라는 숯덩이처럼 검은빛을 발하며
우리라는 이름의 존재가치와 오래된 미래를
어렴풋이나마 가늠해볼 수 있게 하리라

* 김웅진의 『생물학이야기』 중에서.

사과 반쪽 혹은 심장 반쪽

겨울 아침
죽마고우가 보내준 달고 상큼한 후지사과를 아내와
반쪽씩 나눠 먹으며
성근 새벽 눈발에 귀퉁이가 젖은 조간신문을 펼쳐 읽다
철책 너머에서 아사자들이 속출한다는 기사에 그만
눈이 멈춰
사과 반쪽인지 심장 반쪽인지 모를
사각사각 씹히는 사과 소리가 여름날의 우레처럼
고막을 찢고 간다

너의 심장 같은 사과 한 입씩 베어 물 때마다
나는 너를 위해 얼마나 염려하고 기도했었는지
또 너에게 잊히지 않는 사람으로 기억되기 위해서
오늘을 제대로 살고 있는지를
자꾸 다시 돌아본다

무심천無心川 2

마음 비우고 살라 하지만
백치白癡가 아닌 다음에야
생각 없이 산다는 게 어디 쉬운 일인가

목숨이 붙어 있는 한
몸피에 찰거머리처럼 들러붙어
영혼의 피를 쪽쪽 빨아먹는
야속한 번뇌 망상이여

사는 게 힘겨워
무시로 옥죄어오는 가슴,
심장에도 푸른 멍이 들어서

저 흐름에
쪽물처럼 마음을 새파랗게 풀어버릴 수 있다면
깨끗이 헹구어낼 수만 있다면

알겠네
그저 흘러가는 것만으로도
얼마나 많은 생각 버릴 수 있는가를

삭제

참으로 슬프고 우울한 일이나
너의 기억에서 내가 잊히듯

내 머릿속에서도 차츰
네가 지워지고 있다

굳이 잊을 자유를 주지 않아도
망각의 강을 건너가는 오늘

스마트폰의 삭제 버튼을 눌러
스쳐간 이름자 하나를 또 지운다

너는 있지만
나에게는 네가 없을 내일들

가을비

오색단풍에 취한 대지를 적시는 것도 모자라
선인장처럼 가시를 곤추세운 삭신을
자근자근 짓밟는 가을비

끝없는 열패감과 자기 연민에 시달리며
절망의 늪을 건너온 지 얼마인가
세상은 여전히 나만 빼놓고 잘 돌아가는 듯

이런 날은 나만 지구 밖으로 떼밀려나
무중력의 공간을 정처 없이 떠도는
고장 난 인공위성처럼 더욱 적요한 것이다

하지만 괜찮다.
하느님께서 특별히 사랑과 자비를 베푸시어
아직 한 번도 죽지 않았고
추락하는 순간, 먼지가 될 일만 남았으니

오늘은 시장 한쪽 허름한 순댓국밥집에 앉아서
외로움의 눈물이 터지기 직전까지만 취해서

나보다 더 외롭고 슬픈 사람들이 토해내는
핏빛 목소리에 귀를 기울여보는 것이다

그들의 이야기를 들으며 끝내 울고 말리라
이렇게라도 살아 있어서 얼마나 다행인지를

단풍의 화려함도 남루한 삶도
속절없이 우수에 젖는 이 시간,
누군가를 만나 낮술에 거나하게 취한 채
생을 꿈결처럼 잠들 수 있다면……

인생이 뭐냐고 물으신다면

인생이 뭐냐고 물으신다면
산 하나 넘고 나면 또다시 나타나는 산,
바다 하나 건너고 나면 또다시 나타나는 바다,
그렇게 또다시 산 넘고 바다 건너고……

구산팔해九山八海*를 건너가야 만날 수 있다는
그이의 옷자락 한 번 못 잡아보고
참으로 허망하게
야단법석을 끝내는 일이 아닌지요

* 불교의 우주론.

혀舌의 이중성

저 붉디붉고 요사스러운 것이
맹독猛毒을 뱉어내는 순간,
목숨 여럿을 죽이기도 하니
뱀의 혀와 다를 바가 무엇이며

저 부드럽고 촉촉한 것이
온기를 뿜어내는 순간,
나락奈落의 목숨도 길어 올리니
성자의 손길과 무엇이 다른가

고전古典을 위한 변명

그 맛이 쓴지 단지는
혓바닥을 대보면 금세 알 수 있다

저마다 살아간 방식도 방향도 달랐지만
고전은 인간의 흔적 중에서 가장 빛나는 정수精髓,
불꽃 영혼들을 여과해 켜켜이 응결시킨
맑고 투명한 아침이슬 같은 것.

그것은 문자의 위대한 방주方舟.
편편이 지식과 지혜들을 차곡차곡 쟁여 놓으며
뒤에서 밀고 앞에서 끌어나가야 할 거룻배

우리로 하여 미지未知의 해저에 닻을 내리게 하거나
무지無知의 지층에 숨구멍을 뚫어주는 시추선으로
진리에 대적하는 파괴와 망각의 전쟁에서
반드시 지켜야 할 고귀한 유산遺産.

설사 실패와 우둔과 나태와 죄악으로 점철되었을지라도

거기엔 목숨을 초월한 문명의 진전과
영혼을 쩌렁쩌렁 울리는 메아리가 있다

오래전 과감히 신탁神託을 박차고 나와서
인간의 지혜와 영성에 천착하며 시간이 축적해 놓은
빛나는 성취에서 고매한 향기를 맡는 일,
그것은 오로지 각자의 몫

서가에 꽂혀 있는 눈부시고 찬란한 지혜들보다
손안의 스마트폰을 더욱 믿고 경배하는 시대.

우리는 지혜의 보고寶庫를 곁에 둔 줄 모르고
무심코 지나쳐버리거나
또다시 새로운 도서관을 짓느라
일생을 쩔쩔매는 바보들인지도 모른다

만추晩秋

기러기 날갯짓에 소스라친
마른 나무와 풀잎들이 울기 시작한다

11월은 알함브라 궁전의 추억*의 선율처럼
트레몰로 주법으로
제 늑골을 하나씩 하나씩 쥐어뜯고 있다

스쳐가는 바람결에
속절없이 낙하하는 잎새, 잎새들

때로는 날짐승의 결 고운 목소리로
더러는 길짐승의 포효소리로

알고 보면
세상은 고요한 울음으로 가득한 곳

* 스페인 작곡가 프란치스코 타레가의 기타 연주곡.

겨울비는 배반을 꿈꾸게 한다

일사부재리의 판결처럼 겨울비가 내린다
단두대의 서슬 퍼런 칼날처럼

뼛속까지 욱신욱신 젖어 드는 살기를
묵묵히 견뎌내야 한다는 걸
나무들은 이미 알고 있다

모든 걸 내려놓고 허허로이 누리는
나무들의 저 홀가분한 자유,
내리는 단죄조차 자비로 생각하며
화려한 배반을 꿈꾸고 있다

아직 우듬지를 떠나지 못하는 미련 몇 잎,
찬바람에 파르르 떨고 있을 때

마지막으로 한 번 더 낙하를 종용하는 듯
바람 한 줄기가 스윽 플라타너스의 옆구리를 깊숙이
베고 지나간다, 켜켜이 안으로 안으로

어둠이 깊어진 나무는 붉은 상흔이 남은
떨켜마다 등불을 걸고 활활 타오른다
광야를 헤매던 모세 앞의 떨기나무처럼
푸른 불꽃으로

겨울 바다
— 정동진에서

우레처럼 달려와
산산이 부서지는 파도들
참으로 부질없다 부질없다

지난날의 장미는 이제 그 덧없는 이름만 남아있을 뿐*
사랑의 기쁨도 이별의 슬픔도
무시로 괴롭히는 모든 번뇌 망상도……

맵찬 해풍은 눈물로 얼룩진 뺨에 손찌검하며
위로인지 격려인지 모를 나지막한 목소리로
귓가에 속삭이고 또 속삭이네

바니타스 바니타툼 옴니아 바니타스!**

저기 켜켜이 밀려오는 파도처럼 와서
모래톱에 허연 물보라를 일으키듯
가뭇없이 사라져갈 생이여

서로가 어떤 잘못도 허물도 덮어주고

새 희망으로 무장한 심장들이 발자국을 남기지만
이내 흔적 없이 사라지는 허무의 해변

눈동자마다 붉디붉은 아침 햇덩이를 새겨 넣고
가슴 가득 푸른 멍이 들어 돌아가는
정동진 겨울 바다

* 프랑스 베네딕트회 수도사이자 시인인 베르나르 드 몰레의 시 「속세의 능멸
에 대하여」의 한 구절.
** 구약성서 코헬렛(Kohelet: 전도서)에 나오는 라틴어로 '헛되고 헛되도다.
모든 것이 헛되도다!'

제4부

호두나무 그늘

아버지 떠나신 뒤로
몇 해째 호두 한 알 열리지 않았네
올해도 이파리만 무성해
식구 많은 집 방 한 칸 늘리듯이
햇볕 짱짱한 날에는
그늘만 점점 더 넓혀가네
호두꽃은 언제 피었다 졌는지 가뭇없고
불임 판정받은 옆집 새 며느리처럼 우울하네
아버지 살아생전엔
호두 한 됫박 따는 건 예삿일이었는데
먼 산 다람쥐와 청설모가 다녀간 것도 아닐 텐데
천둥벌거숭이 아들놈들 불알 같던
호두 한 알 열리지 않네
그런데도 여전히 알몸의 겨울 잘 견뎌내고
무성해진 이파리들
옆집 창문 너머까지 어둑해지네
함께 회초리 맞고 자라며
부모 그늘 벗어나고만 싶어 했던 형제들
뿔뿔이 흩어져

명절과 제삿날에나 얼굴 볼 수 있었는데
오가는 발걸음마저 뜸해지고
둥근 적요의 집을 지키는 불임의 호두나무에서
쓰르르르름 쓰르르르름
고막을 찢을 듯 쓰르라미가 우네
묵정밭 한 떼기, 다랑논 한 마지기 물려주지 못했지만
한없이 따스하고 포근했던 그 너른 품속
유년의 날들이 눈물겹게 그리워지는 날
붉은 저녁노을 아래
호두나무 그늘은 검은 장막처럼 길게 늘어져
나를 더욱 서늘하게 감싸 안네

가족사진

저녁 어스름 무렵
빛바랜 가족사진을 바라보다
울컥울컥 차오르는 이 울음의 정체는 무엇인가
굳게 닫혀 있던 시간의 문이 활짝 열리고
앞서간 피붙이들의 뼛가루처럼 저 멀리서
아릿아릿 날려오는 눈발, 눈발, 눈발들
어쩌면 나는 저렇게 불쑥 닥쳐올 죽음을 생각하며
깃털 젖은 굴뚝새처럼 떨고 있는 건지도 모른다
인간은 파도처럼 왔다 간다고 했던가
사진 속 얼굴들이 이 세상에 없음을 깨닫는 순간,
살아 있는 자신이 괜스레 미안해지고 죄스러워지는 것은
그들이 미처 살아보지 못한 미래를 살면서도
속절없이 시간을 허송하는 것에 대해서
뒷덜미가 자꾸 서늘해지기 때문이다
사진 속 그리운 얼굴들은 행복했던 날의 모습대로
오늘을 환하게 웃고 있지만,
나 홀로 벌서는 나무처럼 허공에다 두 팔 펼쳐 들고
푹푹 쏟아져 내리는 폭설을 맞고 있다
저 눈송이처럼 지상에 내려와

잠깐 머무르다 가뭇없이 사라져 갈 생이여!
날이 갈수록 가슴에 빙탄氷炭만 쌓일지라도
이렇게 살아 사진 속 얼굴들을 그리워하며
남몰래 눈물지을 수 있는 것은
또 얼마나 다행스럽고 감사한 일인가

맨드라미를 위한 사화詞話

꽃도 제 가슴에 생채기를 낼 수 있다
번갯불처럼 눈을 멀게 하는 꽃
천둥처럼 귓전을 울리는 꽃
눈 마주칠 적마다
아버지의 목소리가 들려오는 듯
텅 빈 늦가을 뜨락을 지키는 저 외로운 파수꾼이
머리에 이고 지고 있는 붉디붉은 생각들도
차가운 밤이슬에 색이 바래 간다

뜬눈으로 밤을 함께 보내고
아침이면
베갯잇에 머리칼 한 움큼씩 묻어나는 생이여
남은 날은 저 앞산 단풍처럼 물들어
갈 때는 선운사 동백꽃처럼
한 치의 미련 없이 낙하할 수 있게 해다오
누렇게 말라비틀어진 몸통으로
보도블록 틈새에서 꼿꼿이 버티고 서 있는
눈물겨운 저 고집,
내 아버지의 생을 빼닮은 꽃이여

통장정리

모某 은행 현금인출기 앞에서
임종을 앞둔 아버지의 통장을 정리하며 울었다
곶감 빼먹듯이 빼 먹어 바닥이 드러난 잔고殘高,
바싹 마른 낙엽처럼 바스락거리는 통장들
앙상하게 뼈만 남은 아버지의 살가죽마저 벗겨내는
패륜을 저지르는 것만 같아 몸서리가 쳐졌다
돌아보면
내내 마르지 않던 눈물의 강도
서서히 바닥을 드러내고 있다
정리해야 할 것들이 어디 통장뿐이랴
생각해보면 삶은 저축이 아니라 소비하는 일,
쟁여두는 게 아니라 탕진하는 일
잔고를 남기지 않는 인생은 얼마나 치열했던 것인가
그런 아비에 기대어 나는
그의 살과 뼈를 야금야금 파먹고 살았다
무려 쉰여섯 해를
그는 나의 우화羽化를 묵묵히 기다려주었으나
아직 날아오르지도 못하고
한낮을 뒤흔드는 드높은 목청도 갖질 못했다

그 고목이 자신의 몸뚱이를 아낌없이 다 내주고
그것도 모자라 저리 속이 죄다 썩어 문드러지도록
나는 아직 변태를 거듭하는 중이다
더딘 성장기의 굼벵이처럼

화덕 앞에서

살아가면서
방화범처럼 세상을 죄다 불 싸지르고 싶은 날이 왜 없
을까

혼잣말로 소신공양燒身供養이라도 하고 싶다던
병상의 아버지가
화덕 속의 마지막 불씨처럼 사그라지고 있다

머릿속에는 망각의 지우개만 남아
가물가물 말라가는 기억의 물줄기를 따라
낯익은 풍경과 그리운 이름들을 차례차례 지우고 있다

손때가 묻어 반들반들 윤이 나던 연장들은
어느덧 녹슨 고철 덩어리로 변해버렸고,
화덕과 무쇠솥은 시꺼먼 그을음 더께를 쓰고 앉아
지난봄 마지막으로 사골국물을 보얗게 우려내던
당신의 손길을 무장무장 그리워하고 있다

간밤의 외로움과 허전함을 달래려는 듯이
조석으로 화덕 앞에 쪼그려 앉아 군불을 지피시던 당신,
굳이 죄라면 식솔들을 뜨겁게 껴안고 산 것뿐
결코, 자신을 데우거나 끓이기 위한 것이 아니라
오로지 가장의 역할을 다하기 위해서였다

가끔 누군가 불쏘시개처럼 쑤셔 넣는 설움과 분노를
홀로 삭이며
그것조차 운명이라 생각하며 고독하게 타올랐다

세상 뜨실 준비를 다 마치신 걸 눈치라도 챈 듯
벌겋게 녹이 슬어버린 화덕도 가랑비를 맞으며
시름시름 남은 불꽃들을 꺼트리고 있다

이제 달랑 베옷 한 벌 입고 가서 활활 타오를
당신의 옷자락을 누가 그토록 잡아당기는가
무엇이 당신을 여태 놓아주지 않는가

삶은 추억 속에 살다 망각 속에서 저무는 것.

슬픈 종말을 예고하듯 어스름이 내리는
9월의 저녁,
아버지는 생을 다한 연어처럼
속절없이 죽음의 물살에 떼밀려 내려가고 있다

지난봄 당신께서 담벼락 밑에 심어놓았던
붉은 봉숭아 꽃잎마저 맥없이
툭툭 떨어지고 있다

묵음전화默音電話
— 어느 노인 요양병원에서

몇 날 며칠
노인은 병상 위에 멍하니 앉아서
온종일 전화기를 만지작거린다

정신 줄을 놓은 지 한 달여
영 오지 않는 소식과 누군가를 기다리며
투지(2G) 폴더형 휴대전화를 손에 꼭 쥔 채
초점 없는 눈으로 먼 창밖을 응시한다

속절없이 흐르는
바짝 말라 바닥이 쩍쩍 갈라 터진
망각의 강엔 무서운 집게벌레들이 살아
겨우 숨소리만 파닥이는 기억의 마른 잎들을
뭉텅뭉텅 갉아 먹고 있다

이제나저제나
혹시 누군가 찾아오지 않을까 싶어
벨 소리 한 번 울리지 않는 폴더전화기에
온 신경망을 거미줄처럼 칭칭 감아놓은 채

마침내 곡기마저 끊은 노인은
졸음처럼 쏟아지는 죽음을 힘겹게 밀쳐내며
구닥다리 전화기를 손에 꼭 쥔 채
가쁜 숨을 몰아쉬고 있다

무심천無心川의 봄

잠시 머물다 간 너처럼
무심천 벚꽃이 바람결에
속절없이 지고 있더라

꽃 진 자리마다 붉은 핏기 사무쳐도
떨어진 수천수만의 꽃잎들은
무심히 떠내려가더라

지나온 길 뒤 돌아보며
울컥울컥 목이 멘 꽃잎들이
눈물처럼 흘러가더라

아아, 사랑도 떠나가고
울음이 홍수져 넘치건 말건
무심히 봄은 가더라

우리가 사람이어서 참으로 다행이다

새 한 마리 나뭇가지 끝에 앉았다 날아가듯이
누군가는 남고 또 누군가는 떠나가야 한다

새의 발 구름과 도약으로 나무는 잠깐 흔들리며
훌쩍 날아간 새를 잠시 생각하는 듯하지만
이내 멈추어 가뭇없이 잊어버린다

살고 죽는 게 이와 같아서
머무는 것도 떠나는 것도 한순간이라고
저녁 바람이 텅 빈 나무를 쓰다듬는 동안
나무는 안으로부터 시나브로 어둑해지며
코끼리 귀와 같은 제 그늘을 펄럭인다

가만히 생각해 보면
날아간 새의 온기와 흔듦이 나무의 심장을 뛰게 했고
나뭇가지들을 더욱 낭창낭창하게 했으며
땅속 깊이 뿌리 내리게 한 것임을……

비로소 나무는 하늘을 우러러

천수관음상千手觀音像의 손처럼 사방팔방으로 뻗은 가
지들을 하나로 모아
간절한 기도와 깊은 명상에 들어간다

새 한 마리 나뭇가지 끝에 앉았다 날아가듯이
나무가 조금 전 날아간 새를 까마득히 잊어버리듯
어찌 너와 내가 서로를 쉬이 잊을 수 있을까

사람이어서 우리,
정말 다행이다

입춘立春

온몸의 뼈마디 쿡쿡 쑤시는 날에도
불쑥불쑥 발기가 잦아지더니

오늘 새벽에는
결국, 몽정을 하고 말았다

겨우내 생리불순이던 누이도
생리대를 찾아
먹감나무 서랍장을 뒤지고 있다

목련 꽃눈도
초경을 앞둔 계집아이의 유두처럼
한껏 부풀어 있다

눈물의 이력서

까닭 없는 울음이 어디 있으랴
기쁨과 슬픔 사이를 흘러내리는
이 근근 찝찔한 체액
가끔은 악어의 눈물로 서로를 속고 속이기도 하고
더러는 홍수와 가뭄이 들 때도 있지만
교감과 공감이란 두 섬 사이를 관통하며 흐르는
순수의 강물
뱃삯 한 푼 내지 않고 사람 사이를 오가는 일로
함께 흘릴 때 더욱 그 빛을 발한다
사람들은 안다
눈물의 끝에서 만나는 카타르시스의 달콤함을
그러므로 그는 항상 침몰의 위태로움 속에서도
절대로 삿대를 놓지 않는
고독한 뱃사공이다

산당화 피는 언덕

몇 날 며칠 추파를 던지는
명자나무꽃의 헤픈 웃음에
어느덧 붉게 물든 내 마음,
철들 틈이 없는 봄날

크림수프를 먹다

신열로 사흘째 앓아누운 날
아내가 후후 불어 한 숟갈씩 입에 떠 넣어주는
뜨거운 크림수프를 만나처럼 받아먹는다

문득, 옐로스톤 핫스프링*에 살고 있다는 테르무스
아쿼티쿠스**와
38억 년 전의 얕은 바닷물에서 맨 처음 산소 방울을
뿜어 올리던
스트로마톨라이트***를 생각한다

나 역시 아버지의 몸속에 살던 정자 한 마리로
우주 탄생의 순간과도 같은 걸쭉한 수프 상태의 희부연
혼돈 속을 뛰쳐나와 어머니의 자궁 속에서 어렵사리
잉태되었고,
맨살을 찢는 산통産痛 끝에 핏덩이로 세상에 나왔으나
여기 또한 불투명한 혼돈의 세계.

아직도 나는 시계視界 제로의 안개 속을 헤매거나
몸이 아프면 뜨거운 크림수프를 받아먹듯
밤낮없이 위태로움을 안고 살아가는 것이다

빅뱅에서 영겁을 지나 생겨난 시아노박테리아****가
진화에 진화를 거듭하여 만물의 영장까지 되었다고는
하나
앞으로 얼마나 더 그악스럽게 진화할 것이며
내 삶은 얼마나 더 오랜 혼돈과 파란을 거쳐야 제 자
리를 잡을까

거대한 윤회의 수레바퀴 안에서,
대폭발로 생겨난 별의 잔재 중에서
다양한 원소의 미립자들이 결합해 만들어졌다는 우
리는
완전한 메이드 인 스타(Made in Star)

여기 창백한 푸른 점 위에서 지상의 별들로 반짝거리며
밤마다 궁륭을 올려다보며 향수에 젖는 것은

다시 돌아갈 곳이 어딘지를 알기 때문

아아, 가뭇없는 별의 슬픈 먼지들이여
지금 내가 먹고 있는 이 한 접시의 크림수프가
오래전 선조들의 뼈와 살점을 끓인 것이라 생각하면
모골이 송연해지고 식은땀이 흐른다

나는 지상에 남길 후손 하나 없고 미래의 맛난 영양소
는 못 될지라도
누군가에게 그 어떤 고통에도 견딜 수 있는 면역 항체
라도 되길 바라며
오롯이 쾌유를 위해서 성심으로 기도할 뿐이다

이렇게 한 번씩 죽을 듯이 아파 봐야
몸도 마음도 여물고 단단해지는 것인가

어디선가 나타난 호모 데우스*****들이
갑자기 크림수프로 변해 강물처럼 흘러온다

아내 또한 아지랑이처럼 흐물거린다

신록

많이 힘들었지?
그렇게
연둣빛 고운 네 얼굴 보여주려고

오오,
푸른 잎새마다 피어오르는
향기로운 피냄새여

끝끝내 한 잎 따서
앞니로 잘근잘근 씹어보는
참을 수 없는 사디즘이여

이 순간,
나의 먼 조상이 나무 위에 살던 이들이 아니었다고,
아니라고 어떻게 부인할 수 있을까

나도 모르는 사이에
느티나무 한 그루를 꼬옥 끌어안고
부비부비를 하고 있다

스며든다

빗
방
울

　　눈
　　송
　　이

　　　　우
　　　　박
　　　　은

사랑도 미움도 없이
대지로 잘도 스며드는데

평생 우리는
자신에게 상대방을 스며들게 하려다

결국 서로가

땅속으로 스며든다

그야말로
부질없이 가뭇없이

천국은 당신 곁에 있다

제아무리 날씨가 춥고
삶이 괴로울지라도
서로 얼굴 마주보며
함께 밥 먹을 수 있는,
함께 술 한잔 나눌 수 있는,
함께 이야기꽃을 피울 수 있는,
사랑 하나 곁에 있다면
바로 거기가 천국이다
지금 곁에 있는 이가 천사다

다시, 춘천

효자동 바람받이 언덕 위에는
하얀집 한 채 구름처럼 앉아 있고
상상 속에 꼭꼭 숨겨둔 오래된 애인이
봉숭아꽃처럼 함초롬히 피어 있던 곳
골목길에 게딱지처럼 들러붙은 집들이
사시사철 서로의 살갗을 비벼대며
물안개처럼 사랑을 무장무장 피워올리는
내 마음속의 영원한 이니스프리!
낡은 기와집 야트막한 담장 너머로
나팔꽃 환히 기상나팔을 부는 아침,
봉의산에서 흘러내린 봄빛이 소양강을 물들이면
사랑을 잃고 금이 간 심장에 술을 붓던
그해 겨울의 멍 자국 물푸레나무 잎처럼 서럽게 움트고
아직도 살얼음 서걱거리는 가슴이여
물안개 스멀스멀 피어오르는 둥지마다
수천수만의 배추흰나비 떼가 날아오르는 곳
고향도 나이도 묻지 않는 애인 하나 꼬드겨
종일 무릎베개를 베고 호드기나 불리라

땅속으로 스며든다

그야말로
덧없이 가뭇없이

별 헤는 밤

까마득히 오래전,
바빌로니아인들이 저 밤하늘의 별들을 헤아리다가
대지와 바다, 날짐승들의 모습에 빗대어
마흔여덟 개의 별자리를 만들었다고 알마게스트*가
전하는데……

사람들은 그걸로는 모자라 이런저런 의미를 새기며
밤길을 잃지 않으려고 새 별자리와 이름들을 더 붙여
모두 합쳐 여든여덟** 개로 정했다는데……

영겁의 계절이 흐르는 동안
비록 족보 없는 무지렁이 별일지라도
저마다 정해진 운명의 궤도를 돌아가며
온 힘을 다해 반짝거리는 중입니다
그대에게 주어진 생을 온몸으로 태우고 있듯이

이 푸른 점에서 살아가는 우리 모두
이름 없는 저 별들처럼 반짝거리다
어느 날 소리 소문도 없이 사라져갈 테지요

그 시간, 병풍처럼 빙 둘러싼 산들도 귀를 활짝 열고

검푸른 의암호에 두 발 담근 채 흥얼거리리

중도中島 미루나무이파리처럼 어린 붕어들이

부드럽고 촉촉한 지느러미로 날이 새도록

삶에 지친 심신을 보듬고 애무해주리

지금 불꽃같은 사랑과 인정에 목말라

사는 게 사는 것 같지 않은 사람 모두

당장 경춘선 열차를 타고 떠나라

언제나 하늘과 별과 바람과 안개가 버선발로 뛰어나와

연인처럼 다정히 품어주는 영혼의 케렌시아*

봄내에 가서

산처럼 물처럼 살아보자

* 스페인어로 투우가 경기장에 나가기 전에 머무는 곳으로 집처럼 편하게 느껴지는 장소.

다만 이 시간,

어느 골짜기와 들판에서 쓸쓸히 죽어간,

죽어가고 있을, 이제 막 죽은,

무명의 사자死者들의 또 다른 생을 위해서

두 손 모아 기도해 주세요

부디 저 별들처럼 반짝반짝 빛나게 해달라고

아니, 밤길 걷는 누군가의 발등을 밝히는

한 줄기 빛이라도 되게 해달라고요

* AD 2세기경 프톨레마이오스가 최초로 별자리를 48개로 정리, 고대 천문학을 집대성한 책.

** 게자리 · 궁수자리 · 물고기자리 · 물병자리 · 사자자리 · 쌍둥이자리 · 양자리 · 염소자리 · 전갈자리 · 처녀자리 · 천칭자리 · 황소자리 · 거문고자리 · 고니자리 · 고래자리 · 고물자리 · 공기펌프자리 · 공작자리 · 그물자리 · 극락조자리 · 기린자리 · 까마귀자리 · 나침반자리 · 날치자리 · 남십자자리 · 남쪽물고기자리 · 남쪽삼각형자리 · 남쪽왕관자리 · 도마뱀자리 · 독수리자리 · 돌고래자리 · 돛자리 · 두루미자리 · 마차부자리 · 망원경자리 · 머리털자리 · 목동자리 · 물뱀자리 · 바다뱀자리 · 방패자리 · 뱀자리 · 뱀주인자리 · 봉황자리 · 북쪽왕관자리 · 비둘기자리 · 사냥개자리 · 살쾡이자리 · 삼각형자리 · 세페우스자리 · 센타우르스자리 · 시계자리 · 안드로메다자리 · 에리다누스자리 · 오리온자리 · 외뿔소자리 · 용자리 · 용골자리 · 육분의자리 · 이리자리 · 인디언자리 · 작은개자리 · 작은곰자리 · 작은사자자리 · 작은여우자리 · 제단자리 · 조각가자리 · 조각칼자리 · 조랑말자리 · 직각자자리 · 카멜레온자리 · 카시오페아자리 · 컴퍼스자리 · 컵자리 · 큰개자리 · 큰곰자리 · 큰부리새자리 · 테이블산자리 · 토끼자리 · 파리자리 · 팔분의자리 · 페가수스자리 · 페르세우스자리 · 현미경자리 · 헤라클레스자리 · 화가자리 · 화로자리 · 화살자리 · 황새치자리

덜커덩 덜커덩거리는

덜커덩 덜커덩거리는 기차 바퀴 소리를 따라서
연신 덜커덩 덜커덩거리는 심장 소리와 함께

청주역에서 제천역까지 충북선 열차를 타고 가서는
다시 제천역에서 동백산역까지 태백선으로 갈아타고
동백산역에서 강릉까지 가는 영동선에 떡하니
거대한 아나콘다처럼 똬리를 틀고 앉은 솔안터널*

태백산맥의 허리춤을 관통해 첩첩산중 도계역까지
한참을 무궁화 열차가 달려나가는 동안
칠흑 같은 어둠 속에서 나는 수없이 되뇌었다
가와바타 야스나리의 『설국雪國』의 첫 문장을
— 국경의 긴 터널을 빠져나오자, 설국이었다

막상 환해진 차창 밖 겨울 풍경은
쌓인 눈 하나 없이 스산하다 못해 고즈넉한데
깊고 깊은 골짜기들을 굽이굽이 돌아나가면
발치에 파도가 닿을 듯한 간이역에는

세찬 해풍에 등 굽은 소나무 한 그루도 서 있다는
데……

덜커덩 덜커덩거리는 기차 바퀴 소리를 따라서
덩달아 심장도 덜커덩 덜커덩거리는 사이
새벽녘 아내가 싸서 들려 보낸 김밥과 삶은 달걀을 까
먹다
목이 메면 얼른 캔 사이다를 따서 마시고 트림도 해가
면서
머리칼 희끗희끗해진 친구들과 함께 떠나는
즐거운 정동진 여행길

어릴 적 소풍 길처럼 신명나게 웃고 떠들다
차창으로 스미는 따스한 햇볕에 깜빡깜빡 졸기도 하
면서
방랑자처럼 열차 노선을 세 번이나 갈아타고
세파에 찌든 머릿속을 샛바람에 말끔히 씻어내며
어둑새벽 수평선을 박차고 솟아오를 동해의 아침 해
를 맞으러

가슴에 새 희망의 불꽃 하나 지피러 겨울 바다에 간다

덜커덩 덜커덩거리는 기차 바퀴 소리를 따라서
연신 덜커덩 덜커덩거리는 심장 소리와 함께

* 강원도 태백시 동백산역과 삼척시 도계역 사이를 잇는 전체 길이 16.2km의
영동선의 루프식 터널.

해설

사랑, 그 미완의 과제 혹은 상상력, 그 찬란하고 슬픈

김석준 | 시인·문학평론가

    명징했다. 차라리 그것은 처절한 고통의 기록을 상상력으로 승화시킨 영혼의 절대 심급이라고 말해야 할 듯하다. 정녕 언어란 존재 그 자체를 포획하는 진실만의 전언이었다는 말인가? 까닭은 『꿈꾸는 중심』을 가득 채운 일련의 서사가 생에 속한 모든 것들을 죽음의 공식에 대입한 채 자기 자신과 대면하는 과정의 구성물로 가득 차 있기 때문이다. "분노의 피 울음"(「다섯 발짝—어느 중증 독거장애인의 죽음」)이 매만져진다. 차라리 그것은 "집착"(「이순耳順」)과 "눈물"(「나쁜 버릇」) 사이에 응고된 존재론적 비애를 깨달음의 전언으로 승화시키면서, 자기 "운명의 궤도"(「별 헤는 밤」)를 탐험하는 가열한 존재의 몸짓이라 하겠다.

    시인이란 무엇인가? 시인은 무엇으로 사는가? 대저 시인은 어떤 운명과 마주설 때 진정한 시인으로 거듭 태어나

천형을 숙명의 전언으로 매개시킬 수 있는가? 아니 시인이 된다는 것은 어떤 전회의 순간을 몸소 체험할 때 자기 운명과 마주서는 천형의 사도인가? "눈부신 햇살"(「차라리 빨래로 널리고 싶은 겨울날」)을 응시하며 이순 무렵에 처한 자신과 꿈의 의미를 참구해본다. 도대체 나는 왜 시인이 되었는가? 말하자면 금번 상재한 황원교 시인의 『꿈꾸는 중심』은 "인고의 시간"에 기입된 그 모든 불행의 징후를 "절정"과 "환희"(「만항재」)로 고양시켜 사랑의 현주소를 묻고 있는데, 이는 바로 시인에게 부과된 "운명이란 이름"(「부빙浮氷」)으로 공명하는 의미의 공식이자, 시인이 이제까지 고난의 삶을 견디며 지탱시켰던 희망의 원리이다.

분명 황원교 시인이 전개한 일련의 시말운동은 사랑의 알파와 오메가를 의미의 체계로 구축하는 것인데, 어쩌면 그것은 사랑의 실패를 승인하고 감내하며 사랑 그 자체를 사랑하는 역설의 징후인지도 모른다. 왜냐하면 시인의 사랑은 어느 한 지점에서 멈추어버린 일방적인 환상의 사랑이거나 늘 자기 충족요율에 못 미치는 결핍의 사랑이기 때문이다. 따라서 황원교 시인의 사랑은 조르주 바타이유의 에로티즘과 플라톤의 정신성 사이에서 길을 잃고 헤매는 너무도 슬픈 인간학적 심연의 고뇌를 응시하고 있는데, 이는 자기 "운명의 흐름"(「부빙浮氷」)을 역류시킨 불행의 황홀한 선물이다.

늘 고통에서 깨어나지 않기를 꿈을 꾸며 염원해 본다.

사랑의 역설 혹은 진리에 이르는 존재의 길. 그러나 시인에게 균열은 치명적이었을 뿐만 아니라, 늘 미완의 과제가 들러붙어 삶—시간—세계를 고통과 마주서게 만든다. 시시각각 고통이 밀려왔으며 늘 저주와 원망의 나날들을 보냈어야 했다. 물론 홀연히 찾아온 시라는 마물로 인해 어느 정도 몸과 마음의 상처가 치유되기는 했지만, 시인이 겪어낸 일련의 행보는 고난의 연속이었던 것만은 분명하다. 불의의 사고와 함께 문학은 그렇게 자연인 황원교를 시인 황원교로 바꾸어 전혀 다른 생에의 감각과 시선으로 인간학을 바라보게 된다.

존재론적 전회가 극적으로 완료되었으며 이제 시인은 사랑의 사도로 거듭 태어나 늘 낮고 습한 곳에 시선을 둔 채 참된 사랑의 의미를 참구하게 된다. 아니 전혀 의도하지 않았던 삶—시간—세계가 전개됨과 동시에 문학은 황원교의 삶을 지배하는 절대적인 존재로 군림하며 상상력의 세계에 빠져들게 된다. 방은 이상처럼 골방이거나 불온한 상상력을 자극하는 밀폐된 공간이면 더욱 좋을 듯하다. 시는 그렇게 혼돈과 절망 속에서 찾아와 황원교에게 "내일"을 "채굴"('시인의 말')하는 언어에 매달리게 하는데, 어쩌면 그것은 불행이 가져다 준 가장 고귀한 선물일지도 모른다. 오늘도 "사람 사랑"을 "경전"('나의 경전經典')이라 간주하며 문자를 숭배하는 뮤즈의 전당을 무량하게 응시한다.

오래전부터

내 마음속에는 허씨 육형제가 산다

허전한, 허망한, 허무한, 허황한, 허송한, 허탈한

같은 돌림자를 갖고

내 심장의 방 한 칸씩을 차지하고 사는

철면피 육형제

인정머리라고는 눈곱만큼도 없는

철저한 에고이스트들

걸핏하면 나의 눈물을 쏙 빼거나

절로 한숨짓게 만드는

쌩 날건달들이다

명색이 집주인으로서 철도 들만큼 들었지만

인내심은 슬슬 바닥을 보이기 시작한다

오랜 세월

찰거머리처럼 들러붙어 산 낯짝 두꺼운 놈들에게

수시로 방을 빼라고 닦달을 해보지만

여전히 들은 척도 안 하는

참으로 뻔뻔한 세입자들, 허씨 육형제

나를 더욱 슬프게 하는 일은

어느덧 내가 그들의 눈치를 살피는

꼰대가 되어 간다는 사실

—「세입자 허虛씨 육형제」 전문

"생명의 대초원"('가시 돋친 자의 일상」)을 몽상하며 활보
하기를 원했지만, 자신에게 허여된 생에의 형식이 "불행
으로 가득한 업보"('가시 돋친 자의 일상」)임을 깨닫곤 이내
"눈물"과 "한숨"의 나날들을 보내게 된다. 특히 시 「세입자
허虛씨 육형제」는 그러한 마음의 풍경을 비유적으로 표현
하고 있는데, 그것은 바로 자신의 삶을 역투사하는 성찰의
전언이다. 다시 말해서 그것은 불의의 사고가 만들어낸 존
재의 내면 풍경이자, 황원교 시인이 살아온 삶—시간—세
계에 대한 알레고리적 현실 반응이다. 황망했고, 늘 허무
했으며 절망과 번민의 나날들을 보내며 자신의 운명을 저
주했었다.

　　공허했다. 더 이상 삶을 의욕한다거나 생을 지속시키는
것이 무의미하다고 생각했다. 말하자면 가슴이 뻥 뚫린 채
허虛라는 단 한 글자와 마주선 채 점점 자신이 고집불통의
"에고이스트"로 변해가는 가는 것을 목격하게 된다. 사지
마비의 장애보다 더 무서웠던 것은 점점 "철면피"로 변해
가는 괴물이 되는 자신의 모습이었으리라. 그때 불의의 사
고와 함께 죽었어야 했다. 사는 것이 치욕스럽다. 구차하
게 생을 연명하며 허무의 나락에서 헤매느니 차라리 죽음
을 선택하는 것이 옳은 것이라 생각했다.

　　말하자면 "허전한, 허망한, 허무한, 허황한, 허송한, 허
탈한"이라고 호명되는 "허씨 육형제"가 "심장"을 점령하고
있는 한, 삶은 그저 남루하고 비루할 뿐, 더 이상 "행복의

파랑새"(「자서전自敍傳」)를 꿈꿀 수 없는 환멸의 어디쯤에 당도하게 된다. 따라서 금번 상재한 황원교 시인의 『꿈꾸는 중심』은 자기 환멸을 극복해가는 과정에 깨달은 참된 사랑의 의미를 시말화한 것이자, "사랑과 슬픔" 사이의 어디쯤을 헤매다 "가슴에 검푸른 피멍"(「폭설暴雪」)으로 절통해했던 아픔을 치유하는 자기 구원의 언어라 하겠다.

이제 자신을 점령하며 호령했던 허씨 육형제를 정면으로 응시하며 마음의 병으로부터 벗어날 수 있겠다. 물론 시인의 가슴 한 켠에 늘 미완의 과제로 남은 다양한 사랑의 방정식으로 인해 번민의 나날들을 지내왔던 것도 사실이지만, "하늬바람"(「신新백수광부의 노래」) 부는 언덕에 올라 "환한 미소"(「변산바람꽃」) 지으며 "뜨거운 사랑"(「겨우살이」)을 나누기를 열망도 했었다. 그러나 그것은 불가능한 시의 사실이다. 아니 허씨 육형제와 동거한 삼십년의 "오랜 세월"은 불능으로 점철된 눈물의 나날이자 육신의 감옥에 갇힌 마음을 해방시키는 영혼의 탈구 과정이었다.

사랑이 나 같은걸

여태 목숨 붙어있게 한다

인생이여,

불행을 그릇째 내어주지 말라!

한 번에 한 숟갈씩만 받아먹어도 소화하기가 너무 힘들다

　　　　　　　　　　—「사랑이 나 같은걸」 일부

그저 매 순간 살아 있다는 사실에 감사할 뿐

오늘이 마지막 날인 듯 혼신을 다해 사는 것은

섣달의 납매처럼

보란 듯이 생을 꽃 피워보는 일

그리하여 최후의 순간까지

시리도록 아름다운 삶을 사는 것

　　　　　　　—「설중납매雪中蠟梅」일부

저 붉은 봉숭아 꽃잎 으깨어 열 손가락 물들이듯

내 생애 한 철만이라도 너를 그렇게 물들일 수 있다면

　　　　　　　—「불온한 꿈」일부

외롭지 않은 삶이 어디 있으랴

아프지 않은 삶이 어디 있으랴

너와 내가

서로를 염려하며

그리워할 수밖에 없는 까닭이다

　　　　　　　—「섬」전문

　불온한 생각과 희생적 사랑 사이에서 외로움과 아픔이
라는 가열한 삶의 공식을 깊이 있게 성찰해본다. 나는 대
저 어떤 시인이어야 하는가? "불행"의 한복판에 서서 "밥
벌이"는커녕 "사내구실"도 못하는 자신을 내밀하게 바라

다본다. "눈물 젖은 밥숟갈을 받아먹는"다. 말하자면 황원교 시인의 일상적 삶은 혼자서는 거의 불가능할 뿐 아니라, 늘 누군가의 도움을 필요로 하는데, 이는 그가 사랑의 시인으로 자립해야 하는 근본 이유이다.

분명 시인을 떠받치는 알파와 오메가는 바로 사랑의 여율이 흘러넘치는 인간애에 기반한 것 같은데, 어쩌면 그것은 시인과 타자 사이의 거리를 봉합하는 유일한 매개수단이자, "섬"으로 존재하는 인간의 외로움과 아픔을 치유할 수 있는 유일한 출구일지도 모른다. "인생이여" 하고 되뇌이며 리비도의 어디쯤을 간질이다 "붉은 봉숭아꽃" 물들이는 강렬한 한 때의 몽상, 즉 황홀한 사랑에의 열망에 젖어든다.

역시 "서로를 염려하며/그리워"하는 그 지대에 사랑의 모든 진법이 설계되어 있다고 말해야 하는가? 아니 역으로 불의의 사고 이후 30년 넘게 자신을 지탱할 수 있는 단 하나의 전언은 "섣달 눈 속에 핀 납매처럼/정말 미친 듯이/사랑을 피워보는 일", 그것뿐이었단 말인가? 목숨이 붙어 있는 한, 시와 함께 사랑과 더불어 이 세계의 구성물을 참구하며 "최후의 순간"까지 "혼신"의 "푸른 불꽃"을 피워 뮤즈의 전당을 영예롭게 만들게 된다.

왜냐하면 그것이 바로 자연인 황원교가 시인 황원교로 거듭 태어나는 시적 사명이기 때문이다.

때론 "수밀도水蜜桃 한 입 덥석 베어" 물며 몸 감각에 기입된 충만한 사랑을 일러 세우면서 때론 사람과 사람 사이의 관계를 그리움의 전언으로 고양시키면서, 시인은 참된 진리의 장소로 이입되어 가고 있다. 설령 그것이 종국에는 "죽어가는 일"로 귀결이 되겠지만, 이는 존재의 시간 모두를 "감사"로 충일하게 만드는 고귀한 시적 행위라 하겠다.

　이제는 알겠다. 굼벵이처럼 느릿느릿 살아가는 "미련"스러운 우매한 삶이 눈이 "시리도록 아름다운 삶을 사는 것"이라는 사실을, "내 생애 전부"를 걸어야만 얻을 수 있는 참된 시인의 길이라는 사실을 이젠 정말 알 것도 같다.

　　나의 정면은 언제나 천장.

　　한낮엔 켜켜이 먹장구름으로 덮여 있고

　　밤중엔 구름 사이로 언뜻언뜻 별들이 보일 때도 있다

　　비바람과 눈보라만 들이치지 않을 뿐

　　무시로 검은 기운이 안개처럼 감싸고돌던

　　어느 날

　　그대가 가을하늘 몇 평 오려다 천장 도배를 해주었다

　　그날부터 천장은 넓디넓은 광장이 되었다가

　　일순간 스텝초원으로 변해 야생마들을 달려 나가게 하고

　　한 번은 검푸른 대양으로 방주를 몰아가게 하다

　　끝 모를 낭떠러지를 만나게 했다

그렇게 익숙해진 나의 하늘과 바다에

어릴 적 가오리연과 방패연을 띄워보기도 하고

그대와 쇄빙선을 타고 북극의 얼음장을 헤치며 나가다

타클라마칸 사막을 낙타도 없이 횡단하다 길을 잃고

목이 타서 죽기 직전에 살아나길 몇 해째인가?

　　　　　—「역지사지의 변증법」 일부

　그러나 거의 하루 종일 "천장"만 바라보며 지내는 날들이 태반이었다. 더불어 뮤즈의 전당에 몸을 내맡기기 이전엔 환멸과 절망의 나날이었다고 해도 과언이 아니다. 그런데 시 「역지사지의 변증법」은 고통 속에서 살아왔던 삶을 완벽하게 전복시켜 밀폐되고 어두운 적막의 공간을 활소한 상상력의 공간으로 만들어버리는데, 이는 시인이 살아가는 목적이자, 새로운 시말운동이 전개되는 전회의 극적인 순간이다.

　이제 환멸로 점철된 생의 고통으로부터 벗어나 생을 탐미할 수도 있을 것 같다. 말하자면 시인의 상상력은 불의의 사고가 가져온 "기적"이자 "은총"(시인의 말)의 산물인 동시에 새로운 세계로 나아갈 수 있는 눈트임의 장소이기도 하다. 왜냐하면 상상력은 시인의 삶—시간—세계에 기입된 일련의 전기적 서사를 전혀 다른 형질의 체제로 고양 승화시킬 수 있는 단 하나의 방법이기 때문이다. 때론 천

장에 "상상의 광속우주선"을 그려 넣으면서 때론 "스텝초
원" 위를 달리는 "야생마"가 되어 찬란했던 젊음의 나날들
을 향유하면서 시인은 육체의 한계가 가져온 감옥에서 벗
어나 자유를 만끽하게 된다. 물론 그렇다고 해서 현실과
삶이 크게 개선되거나 갑자기 더 나은 삶이 구축되는 것은
아니지만, 황원교 시인에게 시적 상상력이 발동하는 순간
은 모든 시름에서 벗어날 수 있는 가장 행복한 순간이다.

물론 조만간 "이 고행"의 시간도 "끝"이 나리라 예상
되지만, 시적 상상력의 순간은 실존적 한계 상황으로
부터 벗어나 시인만이 누릴 수 있는 특권의 시간이라
하겠다. 역지사지의 반어법 혹은 뮤즈와의 유미적 대
화. 시인의 대화적 상상력은 그렇게 현실의 고통으로
부터 벗어나 삶—시간—세계를 전혀 다른 형질의 구
조로 전복시킬 수 있는 새로운 의식의 통로를 개척하
게 된다. 그러나 그러한 시적 몽상에도 불구하고 시인
은 늘 "먹장구름"과 "별" 사이를 오가다 자신에게 속한
모든 것들을 "끝 모를 낭떠러지"로 추락시켜 버리게 된
다. 아니 역으로 시인은 "절창"과 환멸 사이를 상상력
의 공간으로 봉합하려하지만, 매양 도달하는 것은 갇
힌 육체 어디쯤에서 배회하는 자신을 발견하게 된다.

어쩌면 시에 집중하는 시간만큼은 자신에게 부과된 모
든 한계를 잊고 가장 행복한 몽상의 시간일지도 모른다.
그저 남은 생의 시간을 시와 더불어 "꽃잠"("우과천청雨過天

晴)에 이르는 안온한 나날이기를 염원해본다. 머지않아 생에 남은 "고행"의 시간도 마지막에 다다라 "거대한 블랙홀"과 함께 무의 공간으로 이입되어 적멸에 이르게 될 것이다. 모든 시름과 고난으로부터 놓여나 생에 속했던 모든 것에 "경배의 제"(외도外道)를 올리는 그날이 올 것이다. 생에 속한 모든 것을 훌훌 털고 온 천하를 주유하며 하늘로 날아다닐 것이다. 빅뱅과 "블랙홀" 사이를 오가며 영혼의 기호를 시말로 발화시킬 것이다.

한없이 따스하고 포근했던 그 너른 품속
유년의 날들이 눈물겹게 그리워지는 날
　　　　　　─「호두나무 그늘」 일부

이렇게 살아남아 사진 속 얼굴들을 그리워하며
남몰래 눈물지을 수 있는 것은
또 얼마나 다행스럽고 감사한 일인가
　　　　　　─「가족사진」 일부

모某 은행 현금인출기 앞에서
임종을 앞둔 아버지의 통장을 정리하며 울었다
　　　　　　─「통장정리」 일부

9월의 저녁,

아버지는 생을 다한 연어처럼

속절없이 죽음의 물살에 떼밀려 내려가고 있다

—「화덕 앞에서」 일부

　"기쁨과 슬픔 사이를 흘러내리"다가 "교감과 공감이란
두 섬 사이를 관통"('눈물의 이력서')하는 죽음의 공식을 온몸
으로 일깨운 채 "아버지"의 서사를 자신의 삶으로 대위시
키게 된다. 시인은 무엇으로 사는가? 문득 문득 아버지의
고단했던 삶을 생각했다. 아버지는 시의 전부이자, 시가
노래한 숙명의 어디쯤에서 생성된 가슴 아픈 사랑의 전언
이다. 그리고 죄송했으며 점점 "눈물의 강도"가 강해지는
듯하다. 아니 시인이 된 이십여 년의 삶은 아버지가 만들
어놓은 안온한 울타리에 기대여 나름 그리 불편하지 않은
날들이었을지도 모른다.

　따라서 "호두나무 그늘"은 아버지의 은혜가 넘쳐나는
인륜적 사랑의 공간이자, "유년의 날"들을 풍요로 가득 채
운 꿈의 공간이기도 하다. "우화羽化"의 꿈 혹은 "패륜"의
나날. 그러나 꿈은 하나의 환상일 뿐, 현실은 맨살 드러낸
채 "알몸의 겨울"을 견디며 평생 기식자로 살아가야만 했
다. 운명은 그렇다고 일상적 삶 전체를 전복시켜 사랑의 A
부터 Z까지 전혀 다른 방식으로 배워야만 했다.

　물론 지금은 아버지가 "적요의 집"에서 적멸을 만족시
키고 있지만, 어찌 아버지의 서사 전체가 시인의 서사를

있게 한 시의 본질이 아니겠는가? 죽음을 생각했고, 또 죽음과 그것의 구성법과 정면으로 대면한 채 "앙상하게 뼈만 남은 아버지의 살가죽"을 매만진다. 대저 시란 무엇인가? "슬픈 종말"을 향하는 이끌림인가? 아니면 영원을 향한 존재의 희망, 즉 눈물의 승화인가?

속절없이 시간이 흘러내린다. "인생"의 "잔고"가 점점 바닥났으며 마침내 아버지의 "임종"과 함께 "죽음의 물살"에 떠밀리게 된다. 때론 "설움과 분노" 사이를 배회하던 생애의 형식을 성찰의 전언으로 고양시키면서, 때론 뼛속 깊이 각인된 "외로움과 허전함"을 사랑의 이름으로 승화시키면서, 황원교 시인은 참된 자기에 도달하고 있는 중이다. 물론 그것이 죽음에 이르는 경로와 정확하게 대응되는 것처럼 보이고, 시인이 전개한 일련의 시말운동이 아버지의 이름으로 부르는 사부곡처럼 보이기도 하지만, 어찌 그것이 사랑과 공명하는 존재 그 자체의 언어가 아닐 수 있겠는가?

처연하지만 아름답고, 아름다운 듯 숙연해진다. 왜냐하면 아버지와 공명했던 모든 것들이 바로 자기에게로 향하는 처절한 "울음의 정체"이자, "소신공양燒身供養"에 이르는 죽음의 행로이기 때문이다. "불쑥 닥쳐올 죽음" 혹은 살아남은 자의 비애. 어쩌면 산다는 것은 "추억 속에 살다 망각 속에서 저무는" 가뭇없는 소멸의 운동이다. 아버지 "당신의 손길"이 그립다. 오늘도 여전히 "붉은 봉숭아 꽃잎마

저 맥없이/툭툭 떨어지고 있다" 생은 늘 그와 같다. 불쑥 그렇게 죽음이 다가올 것이다.

매일 너에게로 간다

한때 꿈꾼 적이 있으나 사랑하지는 않는다

죽음을 원한다면 삶이라는 고통부터 만끽하라던 고흐의 말이 무색하게

더러는 사무치게 그리워한 날도 있었으나……

생각해보라!

단 하루도 바람 앞의 촛불 같지 않은 날이 있었던가

그 길은 오로지 일방통행이며

마침내 만나는 수천수만 길의 벼랑 끝

가늠할 수 없는 허무의 종착지인 줄 알면서도

매일 너를 향해 나는 간다

…(중략)…

한 자루의 촛불처럼 최후의 순간까지 타올라서

모두에게 기억되는 아름다운 이별을 하자

어느덧 누런 플라타너스 잎처럼 뒹구는 생이여

날이 갈수록 절룩이는 발걸음이지만

너무나 멀어 가닿을 수 없는 별과 같은

금지된 사랑 하나 가슴에 품은 채

매일 너에게로 나는 간다

　　　　　　　　—「죽음에 대한 명상」 일부

생이 점점 "저무는 길"('소서小暑 무렵」)에 서서 남은 "생生의 가을날"('가을 엽신葉信」)의 편지를 쓴다. 시인은 무엇으로 사는가? 시간을 시와 맞바꾼 채 찬란하고 슬픈 상상의 세계로 비약하지만, 그 역시 부질없는 짓일지도 모른다. 왜냐하면 자연인 황원교에게 산다는 것은 "이 고달픈 여정", 즉 "허무의 종착지"에 당도하는 무위의 나날들었음을 깨닫는 "적멸"의 과정이었기 때문이다. 때론 "고흐"의 어디쯤에 기입된 예술적 욕망에 이끌리기도 하지만, 때론 자신에게 허여된 생에의 형식 전체를 "바람 앞의 촛불"이라고 여기면서, 시인은 시간에게 속한 모든 것들을 타나토스로 봉인하고 있다.

그러나 그러한 사실에도 불구하고 "죽음은 참혹한 슬픔"이지, 니르바나에 이르는 깨달음의 지혜를 표지하지 않는다. 그저 시간을 이룩하는 것은 시간 그 자체의 "일방통행"의 운동, 즉 엔트로피이지, 결코 영원으로 재귀하는 네겐트로피의 열망일 수 없다. 따라서 생은 "거품"('무심천無心川• 1」)이자, "헛된 꿈"('불갑사佛甲寺• 꽃무릇」)의 욕망으로만 중층 결정된 파열의 음성이다.

조만간 "누런 플라타너스 잎"으로 변해 시간의 궤도로부터 탈구된 채 "너"라는 대타자에게 귀의해 적멸의 의지를 충족시키게 될 것이다. 물론 "그리움의 손톱"('벽공碧空」)에 봉숭아 꽃물들이며 "제대로 된 사랑"('낙화 앞에서」) 한 번하지 못한 것이 늘 미완의 과제로 남아 있고 시인에게 사랑이라는 저 불멸의 과제는 "아름다운 형벌"("너 홀로 보내고 돌아오는 길")처럼 느껴지기도 하지만, 어찌 "죽음"과 대면하는 저 필생의 외길을 두려워하고만 있겠는가?

영원히 잊히지 않는 의미의 기호를 시말로 발화시킨 채 "아름다운 이별"의 주인공이 되고 싶다. 물론 독특한 마티에르를 얻기 위해 평생을 광기의 나날들을 보낸 고흐의 불행했던 삶처럼, 황원교 시인의 삶도 그리 녹록지만은 않았지만, 어찌 육체의 한계가 영혼의 한계로 작용할 수 있겠는가? "수천수만 길의 벼랑 끝"에 선 채 나락으로 추락한 육체의 고통을 보듬어 안고 여기까지 왔다.

"남은 이들의 기억 속에" 좋은 시인으로 기록되기 위해 오늘도 시를 쓴다. "생의 덧없음과 고독"("시월의 편지")이여! 투명하게 다가온 "물빛 통증"("첫눈 내리는 날에")이여! 오늘도 시인은 죽음의 언저리를 어슬렁어슬렁 배회하며 조만간 "순백의 평화와 고요"("첫눈 내리는 날에")가 다가올 것이라 예감하게 된다. 설령 그것이 타나토스를 만족시키는 죽음 본능의 어디쯤이겠지만, 이 또한 시간이 설계한 숙명의 코드일 뿐, 우리는 "매일 너에게로" 다가가 "적멸寂滅"에 이르게 된다. 매일 매일 "절룩이는 발걸음"을 걸으면서, 혹은 "금지된 사랑 하나 가슴에 품은 채", 황원교 시인은 생에 속한 모든 것들을 본래적인 자기로 되돌려 보내고 있다. 존재는 죽음과 함께 완성되는 "아름다운 이별"의 행로이다.

변두리에 서 보면 안다

사람이 얼마나 그리운 존재이며

사랑이 얼마나 소중한 일인지를

갈수록 중심에서 멀어지는 변두리의 삶조차

무덤의 적요를 향한 허튼 발걸음이었음을

깨닫기까지

너무나 긴 시간이 흘러가 버렸다

뾰족이 날 선 모서리의 끝과 끝을 연결하여

가시철조망 같은 선으로

견고한 울타리를 쳐 보기도 하지만

애초부터 이너서클이란 없었다

설사 북극성이 된다 할지라도

중심 또한 변하기 위해 존재하는 것

영원한 중심도 변두리도 없었다

번성의 중심지가 한순간 폐허로 변하고

변두리가 중심지가 되는 게 세상의 이치 아니던가?

생은 중심을 꿈꾸지만 소멸로 가는 것일 뿐

우리 모두 변두리에서 다시 만나

서로의 묘비명을 읽어주고 읽히는 날

그때 바라보는 저녁놀은 또 얼마나 장엄할 것인가

낯선 희망과 소망들이 끊임없이 점화되고 휘발하는

변두리라는 말

생의 중심점으로 콕, 찍힐 때가 있다

　　　　　—「꿈꾸는 중심」 일부

　　한때 "성감"('우수雨水」)을 향유하는 열락의 결정적인 주체가 되길 염원했던 적도 있다. 더불어 외설과 욕망으로 가득 찬 "바람이 전하는 말씀"('바람의 말씀—미투(Me too) 열풍에 대하여」)을 받아적으며 "고해苦海"('봄비 내리는 삼천포 앞바다」)의 세계를 헤매었던 적도 있다. 한때 우리는 늘 그렇게 "뾰족한 모서리"에 서 있으면서 그것이 중심이라고 착각했던 적도 있다. 그러나 우리는 누구나 그렇게 자기중심적으로 사유하고 또 "중심"이 되기 위해 노력하지만, 어느 누구도 감히 "주몽"이 되고 "칭기즈칸"이 될 수 없다는 사실을 금방 알아차리게 된다. 그렇다면 시인은 무엇으로 사는가? 아마 사랑 이외에는 별다른 것이 없는 듯하다.

　　시 「꿈꾸는 중심」은 중심에서 밀려난 "변두리" 삶의 곡진한 모습을 따스한 시선으로 포월하면서 사랑의 알파와 오메가를 인간애로 승화시킨 아름다운 작품이다. "참혹한 종말"과 "영원"('장미와 철조망」) 사이의 거리에 매개된 거대한 균열을 봉합하였으며, 마침내 생에의 여율과 공명하는 상호타자의 결정적인 주체가 사랑임을 깨닫게 된다. 시인 이란 그와 같다. 시인이란 변두리와 중심 사이에서 "사람" 을 읽고 "사랑"을 느낀 채, 인간학 전체를 "희망과 소망"으 로 공명시키는 아름다운 영혼의 소유자이다.

말하자면 금번 상재한 황원교 시인의 『꿈꾸는 중심』은 타자의 타자성을 사랑의 형식으로 승화시키면서 변화무 쌍한 존재의 음성을 상상력의 층위로 육화시킨 노력의 산 물인데, 이는 이루 형언할 수 없는 의지가 표명된 존재 그 자체의 숭고한 기록물이라 하겠다. 시인이 어떠한 마음으 로 시를 써내려갔는지 이제야 알 것도 같다. 육체의 감옥 에 갇힌 숙명의 인간학을 그리움의 전언으로 고양시키면 서, 황원교는 타자의 삶을 따스한 감성의 전언으로 위무하 고 있다.

"곡진"했다. 구도의 길 혹은 "성자의 손길"(「허욕의 이중 성」). 한 땀 한 땀 수를 놓듯 정갈하게 타자, 즉 변두리에 속 한 모든 것을 위무하였으며, 마침내 중심을 향해 "진군"했 던 모든 의미의 공식이 결국 "무덤의 적요를 향한 허튼 발 걸음"이었음을 깨닫게 된다. 어쩌면 시인이 말한 것처럼 "이너서클"이란 것은 허울 좋은 가상일 뿐, 너 또는 나는 늘 "한순간 폐허"에 가닿아 "소멸"에 이르게 된다. 이를테 면 황원교 시인이 전개한 일련의 시말운동은 점점 몰락에 이르는 "변방의 사람들"을 "그리운 존재"로 인식하며 미완의 과제로 남아 있던 사랑의 의미를 완성시켜 가는데, 어쩌면 그것이 바로 시인이 시를 쓰는 목적일지도 모른다.

물론 이러한 일련의 과정 전체가 시나브로 어두워지는 "저녁놀"을 바라보며 "서로의 묘비명을 읽어주고 읽히는" 필연의 과정처럼 보이지만, 어찌 그것이 자기를 알아가는 인간 완성의 길이 아니겠는가? 다시 말해서 시 「꿈꾸는 중심」은 단순한 변두리와 중심의 문제가 아니라, 시간에 포획된 참된 의미를 "장엄"한 대서사로 응축시켜 노래하고 있으며, 그것이 바로 "세상의 이치"를 깨닫는 참된 존재의 과정이라 하겠다. 중심은 변두리고 변두리는 또 다른 중심이 생성되는 "생의 중심점"이다.

폭설에 둥지를 잃어버린 굴뚝새처럼

지친 날개로 가 닿은 설원의 끝

희디흰 자작나무숲 근처에

누에고치 같은 오두막 한 채 지어놓고

너와 딱 일주일만 함께 살 수 있다면

수사슴처럼 너를 품에서 놓지 않겠네

설사 밤에 곰이나 늑대가 찾아와서

창문을 두드리고 문짝을 박박 긁어대도

마른 장작을 가득 욱여넣은 난롯가

백합꽃 무늬 양탄자 깔린 마룻바닥에서

사랑만 하다가 죽었으면 좋겠네

그렇게 깊이 사랑에 빠져있는 동안

하얀 계절이 내려앉은 지붕 위

울음 가득 찬 무덤 위에도 별들이

함박눈처럼 펑펑 쏟아져 내리면 좋겠네

　　　　　—「자작나무숲 연가戀歌」 전문

"빅뱅에서 영겁"(「크림수프를 먹다」) 사이를 무한히 흘러내리다 문득 사랑의 심연을 응시하게 된다. 파스테르나크의 『닥터 지바고』의 한 장면이 떠오른다. 라라의 테마를 타고 흐르는 오마 샤리프의 강렬한 눈빛에 시선을 고정시킨다. 장소는 하얀 자작나무 위를 흰 눈으로 뒤덮는 시베리아의 어디쯤이면 더욱 좋겠다. 특히 시 「자작나무숲 연가戀歌」는 영화 속의 한 장면처럼 아름다운 사랑에의 몽상을 시말 속에 육화시키고 있는데, 어쩌면 그것은 시인에게 남은 이 세계의 마지막 과제인 듯하다.

인적이 없는 "설원의 끝"에 있는 오두막집에 그녀와 단둘이서 사랑을 나누며 알콩달콩 "딱 일주일만"이라도 살았으면 좋겠다. 물론 그것은 실현 가능하지 않은 시의 사실이지만, 시인의 사랑에의 열망은 청소년기의 "몽정"(「입춘立春」)처럼 풋풋한 설렘이 묻어나는 것처럼 보이며, 이는 너무 아픈 상처가 색인된 사랑의 역설적 징후이다. 사랑의 아름다움이 진솔하게 표백되면 될수록 그와 반비례로 "붉은 상흔"(「겨울비는 배반을 꿈꾸게 한다」)이 매만져지는데, 그것이 바로 시인이 처한 사랑의 현주소이다.

물론 그 역시 상상력이 만든 찬란하고 슬픈 사랑의 반어법이기는 하지만, 그것은 시인에게 남아 있는 단 하나의 마지막 꿈이다. 설령 그것이 환상 속에서만 가능한 시의 사실임이 명백하지만, 어찌 그것을 포기하며 남은 생의 시간을 살아갈 수 있겠는가? 무릎 맞대고 살가운 정을 나누는 연인이 되어 에덴의 아름다운 낙원을 그/녀와 함께 거닐었으면 좋겠다. 그렇게 사랑에 열망은 현실이 되어 사랑의 알파와 오메가를 완벽하게 충족시키면 더욱 좋겠다. "함박눈"이 펑펑 쏟아지듯 하늘의 참별들이 어둠을 밝혔으면 좋겠다. 한 세상 그렇게 원 없이 살다가 적멸의 공간에 다다르고 싶다.

이제 더 이상 "불안의 숲"('저녁 바람」)에서 헤맬 필요도 없다. 더 이상 "번뇌 망상"('무심천無心川 2」)에 빠져 자기 환멸에 도달하지 않아도 된다. 보는 관점에서 따라 이 세상은 아름답고 추하기도 한 것. 나 "수사슴" 되어 "너를 품"에 안고 영원한 사랑을 향유하고 싶다. 설령 오늘 그 사랑의 열락으로 인해 죽음을 촉발할지라도 그녀와 사랑에 빠져 혼몽에 이르고 싶다. 이 세상에서의 마지막 사랑을 완료한 채 황홀경에 이르고 싶다.

제아무리 날씨가 춥고
삶이 괴로울지라도

서로 얼굴 마주보며

함께 밥 먹을 수 있는,

함께 술 한잔 나눌 수 있는,

함께 이야기꽃 피울 수 있는,

사랑 하나 곁에 있다면

바로 거기가 천국이다

지금 곁에 있는 이가 천사다

　　──「천국은 당신 곁에 있다」 전문

　　이 세계에 들어와 "빛나는 흔적"(「박물관에서」), 즉 시를 남기는 것으로 자연인 황원교의 삶이 완료될 것이다. 생이란 "망각의 강"(「삭제」)으로 흐르는 존재의 가열한 여울이며 산다는 것은 "핏빛 목소리"에 기입된 "열패감과 자기 연민"(「가을비」)에 이르는 숙명의 기호인 것도 사실이지만, 진정 중요한 것은 사랑과 그것의 구성물을 대승적으로 고양시키는 것이리라.

　　물론 황원교 시인에게 산다는 것 자체가 바로 고난으로 점철된 순교자의 삶과 그리 다르지 않다는 것만은 너무도 분명하다. 하여 그가 전개한 일련의 시말운동이 "살얼음 서걱거리는 가슴"(「다시, 춘천」)에 침전된 "붉은 핏기"(「무심천 無心川의 봄」) 머금은 고통의 기록물이라는 사실은 너무도 자명하지만, 역으로 그것은 참된 시인이 되어가는 존재의 여로이다.

다시 말해서 시인이 된다는 것은 이 세계를 "사랑"의 구성법으로 전이시키는 과정에 터득한 삶의 지혜를 긍정의 마법으로 코드 변환하는 것인데, 그것이 바로 『꿈꾸는 중심』이 표백한 시말의 진실이다. 특히 시 「천국은 당신 곁에 있다」는 황원교 시인의 태도를 극명하게 드러내 보여준 작품인데, 삶과 세계 사이에 존재하는 거대한 균열을 봉합 치유한 대표작이라 하겠다. "함께" 더불어 사람 사랑할 수 있는 "하나"만 있다면 "바로 거기가 천국", 즉 참된 인간학이 실현된 존재의 장소이다.

　어쩌면 "새 희망"(「겨울 바다—정동진에서」), 즉 사랑의 행복은 그리 멀리 있는 것이 아닌지도 모른다. 함께 밥 먹고, 술잔 기울이며 이야기를 나눌 수 있다면, 그것만으로도 사랑의 여울이 온 세상에 퍼지는 절대 행복의 순간이다. 따라서 이 세계를 평화와 사랑으로 공명시키는 "천사"는 당신과 함께 "그이의 옷자락"(「인생이 뭐냐고 물으신다면」)을 어루만지며 살가운 정 나누는 '바로 지금 여기'라는 현전의 장소일 것이다.

　때론 "아버지의 목소리"(「맨드라미를 위한 사화詞話」)에 스며 있는 "고요한 울음"(「만추晩秋」) 소리에 귀 기울이면서, 때론 "고매한 향기"(「고전古典을 위한 변명」)에 취한 채 "간절한 기도와 깊은 명상"(「우리가 사람이어서 참으로 다행이다」)에 빠져들면서, 황원교 시인은 삶의 공간 전체를 사랑의 공간으로 승화시켜가고 있다. 설령 현실이 "피냄새"(「신록」) 흥건한 욕망으로 물화되어 가고 있을지라도 시인은 자신에게 속한 세계 전체를 "새 희망의 불꽃"(덜커덩 덜커덩거리는)을 일으켜 사랑이 곧 삶의 진리임을 설파하고 있다.

따라서 금번 상재한 황원교 시인의 『꿈꾸는 중심』은 사랑의 중심을 잡아가는 타자의 목소리와 공명하는 영혼의 아름다운 울림이자, 너 또는 나에게 속해 있던 상상적 사랑을 실재의 사랑으로 치환시켜 이 세계가 사랑의 알파와 오메가가 실현되는 숭고한 존재의 장소임을 표지하는 것이다. 사랑은 시의 전부이고, 시가 표명해야 할 마지막 절대 진리다. 사람 사랑만이 이 세계의 유일한 희망이다.

시가시인선 011

꿈꾸는 중심
황원교 시집

2019년 7월 10일 인쇄
2019년 7월 17일 발행

지은이   황원교
펴낸이   최 준
편집위원   이덕주 김석준 이태관

펴낸곳   도서출판 시가
등록   801-90-01024(2019. 3. 20)
주소   충청북도 청주시 상당구 용담로 93번길 31(대성동)
대표전화   010-8393-5955

ISBN 979-11-967519-0-6

*이 책은 문화체육관광부, 한국장애인문화예술원의 후원을 받아 2019년 장애
인 문화예술 지원사업의 일환으로 발간되었습니다.